U0565537

汪曾祺
自编文集

梁由之 主编

邂逅集

汪曾祺

著

上海三联书店

新版前言

梁由之

一

据汪曾祺先生的的子女汪朗、汪明、汪朝统计，老头儿一辈子，自行编定或经他认可由别人编选的集子，拢共出了二十七种。严格一点，不妨将前者称为"汪曾祺自编文集"。

自编文集，文体比较单纯：基本都是短篇小说、散文和随笔，偶有一点新、旧体诗，还有一本文论集，一本人物小传。时间跨度，却大得出奇：第一本跟第二本，隔了十余年；第二本跟第三本，又隔了差不多二十年；第一本小说集《邂逅集》跟第一本散文集《蒲桥集》，更是隔了整整四十年。……谁实为之，孰令致之？说来话长，不说也罢。汪先生享年七十七岁，1987年之前的六十六年，他仅出了四本书。汪氏曾自我检讨说：我写得太少了！

1987年始，汪老进入生命的最后十年。这十年，就数量而论，是他创作的高峰期，占平生作品泰半。同时，也是出书的高峰期。除1990年、1991年两年是空白外，每年都有新书面世。1993年、1995年，更是臻于顶峰，合计接近两位数。这固然反映了汪先生的作品受到各方热烈欢迎乃至追捧，但也不可避免地导致若干集子重复的篇什较多——这似乎是一个悖论，并非个别现象。

我曾写道：

　　无缘亲炙汪曾祺先生，梁某引为毕生憾事。他的作品，是我的至爱。读汪三十余年，兀自兴味盎然，爱不释手。深感欣慰的是，吾道不孤，在文学市场急剧萎缩的时代大背景下，汪老的作品却是个难得的异数，各种新旧选本层出不穷，汪粉越来越多。在平淡浮躁的日常生活中，沾溉一点真诚朴素的优雅、诗意和美感，大约是心灵的内在需求罢。

那么，有无必要与可能，出版一套比较系统、完整、真实的"汪曾祺自编文集"，提供给市场和读者呢？答案是肯定的。

汪老去世已逾二十一年，自编文集旧版市面上早已不见踪影，一书难求。倒也间或出过几种新版，但东零西碎，不成气候。个别相对整齐些的，内容却肆意增删，力度颇大，抽换少则几篇，多则达到十余篇甚至二十多篇，旧名新书，面目全非，是一种名实不副不伦不类的奇葩版本。我一直认为，既然是作者自编文集，他人就不要、不必且不能擅改。至于集子本身的缺憾，任何版本，皆在所难免，读者各凭所好就好。

本系列新版均据汪老当年亲自编定的版本排印，书名、序跋、篇目、原注，一仍其旧，原汁原味。只对个别明显的舛误予以订正。加印时作者所写的序跋，均作为附录。这套货真价实如假包换的"汪曾祺自编文集"，相信自有其独特的价值和生命力。

二

1939年8月，战火纷飞中，十九岁的汪曾祺流落到云南昆明，考取西南联大中文系。他稍后即开始文学创作，深受业师闻一多、沈从文的赏识和扶掖。随后十年，汪曾祺写下一批文学作品，不少都在当时的报刊发表过，嫩箨香苞，崭露头角。这个阶段，可视为他创作的早期，体裁包括散文、诗歌、文论等，主要是短篇小说。

1949年4月，巴金主持的文化生活出版社出版了汪曾祺的第一本书——《邂逅集》，依次收入八个短篇小说：

《复仇》《老鲁》《艺术家》《戴车匠》《落魄》《囚犯》《鸡鸭名家》《邂逅》。他时年二十九岁，借此搭上末班车，跻身"民国作家"之列。他的第二本书、第三本书……旷日持久，姗姗来迟。市面已经非常稀缺的初版《邂逅集》对作家汪曾祺的意义，不言而喻，不容低估。如果没有早期的练笔，如果没有《邂逅集》的"潜伏"，汪曾祺能否有花甲之年的总爆发，能否以现在的面貌和实绩展示他作为作家的形象和分量，还真不好说。人生不满百，第一总是难能、难得和难忘的。

新版据文化生活出版社1949年4月版印制。

2018年8月24日，戊戌处暑后一日，记于青岛旅次。9月19日凌晨，夏历八月初十，秋分前四日改定于深圳天海楼。

目 录

001　　复　仇

013　　老　鲁

033　　艺术家

045　　戴车匠

059　　落　魄

075　　囚　犯

085　　鸡鸭名家

115　　邂　逅

复　仇

　　复仇者不折镆干。——庄子

　　一支素烛，半罐野蜂蜜。他眼睛现在看不见蜜，蜜在罐里，罐子在桌上，他坐在榻子上。但他充满感觉，浓，稠。他嗓子里并不泛出酸味，他胃口很好。他常有好胃口，他一生没有呕吐过几次。说一生，他心里一盘算，一生该是多少呀，我这是一生了么？没有关系，这是个很普通的口头语。就像那个和尚吧，——和尚是常常吃蜂蜜？他的眼睛眯了眯，因为烛火跳，跳着一大堆影子。他笑了一下：蜂蜜跟和尚连在一起，他心里有了一个称呼，"蜂蜜和尚"。这也难怪，蜂蜜，和尚，后面隐了"一生"两个字。然而他摇了摇头，这不行的，和尚是甚么和尚都行，真不该是蜂蜜和尚。明天我辞行时真的叫他一声，他该怎么样？和尚倒有个称呼了，我呢？他称呼我甚么客人，该不是"宝剑客人"吧。（他看见和尚看见他的剑！）这蜂蜜——他想起来的时候似乎听见蜜蜂叫。是的,有蜜蜂叫。而且不少。(叫得一个山都浮动起来。)残余的声音在他耳朵里。(我这是怎么回事,这和尚我真的叫他一声倒好玩,我简直成了个孩子。这真的是不相干。这在人一生中有甚么意义!而从这里我开始我今天晚上,而明天又从这里连下去。人生真是说不清。)……他忽然觉得这是秋天,从蜜蜂的声音里。从声音里如此微妙的他感到一身轻爽。这可一点没有错,普天下此刻写满一个"秋"。他想哪里开了一大片山花,和尚去摘花,在那么一片花前面,和尚实在是好看极了。殿上钵里有花,开得好,像是从钵里升起一蓬雾,那么冉冉的。猛一下子他非常喜欢那和尚。

和尚出去了,一稽首,随便而有情,教人舒服。和尚呀,你是行了无数次礼而无损于你的自然,是自然的行了这些礼?和尚放下蜡烛,说了几句话,不外是庙里没有甚,山高,风大气候凉,早早安息。和尚不说,他也听见。和尚说了,他可没有听。他是看着和尚,和尚招他爱。他起来一下,和尚的衣袖飘了飘。这像甚么,一只纯黑的大蝴蝶。不,不像,这实在甚么也不像,只是和尚,我记得你飘一飘袖子的样子。——这蜡烛尽是跳。

此刻他心里画不出一个和尚。他是想和尚若不把脑袋剃光,他该有一头多好的白头发。一头亮亮的白发闪了一下。和尚的头是光光的而露得出他的发的白。

白发的和尚呵,

他是想起他的白了发的母亲。

山间的夜来得快!这一下子多静。真是日入群动息。刚才他不就觉得一片异样的安定了,可是比起来这又迥然是一个样子。他走进那个村子,小蒙舍里有孩子读书,马有铃铛,连枷敲,小路上新牛粪发散热气,白云从草垛上移过去,梳辫子的小姑娘穿银红裤子。一切描写着静的,这一会儿全代表一种动。他甚至想他可以做一个货郎来添一点声音的,在这一会儿可不能来万山间泼朗朗摇他的小鼓。

货郎的拔浪鼓摇在小石桥前,那是他的家。

这教他知道刚才他是想了他的母亲。而投在他母亲的线条里着了色的忽然又是他妹妹。他真愿意有那么一个妹妹,像他在这山村里见到的,穿银红裤子,干干净净,在门前井边打水。青石井栏,井边一架小红花。她想摘一朵,一听到母亲纺车声音,觉得该回家了,不早了。"我明天一早来摘你,你在那里,我记得。"她也可以指引人上山,说:"山上有个庙,庙里和尚好,会让你歇脚。"旅行人于是一看山,觉得还不高。小姑娘旅行人都走了。小姑娘提水,旅行人背包袱。剩下一口井。他们走了半天,井栏上余滴还丁丁东东落回井里。村边大乌柏树显得黑黑的，清清楚楚，夜开始向它合过来。磨麦子的骡子下了套，呼呼的石碾子停止在一点上。所有的山村都一样。

想起他妹妹时他母亲是一头乌青的头发。摘一朵花给母亲戴该是他多愿意的事。可是他没有见过母亲戴一朵花。就这朵不戴的花决定他的一个命运。

"母亲呀，多少年来我叫你这一声。

我没有看见你的老。"

于是他母亲是一个年轻的眉眼而戴着一头白发。多少年来这头白发在心里亮。他真愿意有那么一个妹妹。

可是他没有妹妹，他没有！

他在两幅相似的风景里作了不同的人物。"风景不殊"，他改变风景多少？他在画里，又不在。他现在是在山上；在许多山里的一座的一个小庙里，许多庙里的一个的小小禅房里。

世上山很多，庙太少。他想得很严肃。

这些日子来，他向上，又向上；升高，降低一点，又升得更高。他爬的山太多了。山越来越高，越来越挤得紧。路，越来越细，越来越单调。他仿佛看到他自己一个小小的人，向前倾侧着身体。一步一步，在苍青赭赤间的一条微微的白道上走，低头，又抬头：看一看天，又看一看路；路，画过去，画过去；云过来，他在影子里；云过去，他亮了；蒲公英的絮子沾在他衣服上，他带它们到更高的远处去；一开眼，只一只鸟横掠过视野；鸟越来越少，到后来就只有鹰；山把所有变化都留在身上，于是显得是亘古不变的。可是他不想回头。他看前面，前面甚么也没有，他将要经过那里。他想山呀，你们越来越快，我可以一劲儿那么一个速度走。可是有时候他有点发愁，及至他走进那个村子，抬头一望，他打算明天应该折回去了。这是一条线的最后一点，这些山作成一个尽头。

　　他阖眼了一会儿，他几乎睡着了，几乎做了一个梦。青苔的气味，干草的气味，风化的石头在他身下酥裂，发出声音，且发出气味。小草的叶子窸窣弹了一下，一个蚱蜢蹦出去。很远的地方飘来一只鸟毛，近了近了，为一根枸杞截住，他知道那是一根黑的。一块小卵石从山顶上滚下去，滚下去，更下去，落在山下深潭里。从极低的地方，一声牛鸣，反刍的声音，（它的下巴动，淡红的舌头）升上来，为一阵风卷走。虫蛀着老楝树，一片叶子尝到苦味，它打了个寒噤。一个松球裂开了，寒气伸入鳞瓣。鱼呀，活在多高的水里，你还是不睡？再见，青苔的阴湿；再见，干草的松暖；再见，你搁在胛骨下，抵出一块酸的石头；老和尚敲着磬，现在旅行人要睡了，放松他的眉头，散开嘴边的纹，解开脸上的结，让肩头平摊，腿脚休息。
　　烛火甚么时候灭了，是他吹熄的？

他包在无边的夜的中心，如一枚果仁。老和尚敲着磬。

水上的梦是漂浮的，山顶的梦挣扎着飞出山去。

他梦见他对着一面壁直的黑暗，他自己也变细，变细，变长变长，可是黑暗无穷的高，看也看不尽的高呀！他转一个方向，仍是一样；再转，一样，再转，一样，一样，一样，一样是壁直而平，黑暗。转，转，转，他挫了下来，像一根长线落在地上。"你稍为圆一点软一点。"于是，黑暗成了一朵莲花，他在一层一层的瓣子里，他多小呀，他找不到自己，他贴着黑的莲花的里壁周游了一次，丁，不时莲花上一颗星，淡绿如磷光，旋起旋灭，余光霭霭，归于寂无。丁，又一声。

他醒来。和尚正做晚课。蜡烛烟喷着细沫，蜜的香味如在花里时一样。

这半罐的蜜采自多少朵花！

和尚做晚课，一声一声敲他的磬。他追随，又等待，看看到底隔多久敲一次。渐渐的，和尚那里敲一声，他也心里敲一声，自然应节，不紧不慢。"此时我若有磬，我也是一个和尚。"一盏即将熄灭，永不熄灭的灯，冉冉的钵里的花。一炷香，香烟袅袅渐渐散失，可是香气却透入一切，无往不在。他很想去看看和尚。

和尚你想必是不寂寞？

你寂寞的意思是疲倦，客人，你也许还不疲倦？

客人的手轻轻的触着他的剑。这口剑在他整天握着时他总觉得有一分生疏，他愈想免除生疏就愈觉得其不可能；而到他像是忘了它，才道是如何之亲切。哪一天他簌的一下拔出来，好了，一切就有了交代。剑呀，不是你属于我，我其实是你的。和尚你敲磬，谁也不能把你的磬声收集起来吧。于是客人枕手而眠，而他的眼睛张着。和尚，你的禅房本不是睡觉的。我算是在这里过了我的一夜。我过了各种各色的夜，我把这一夜算在里面还是外头？好了，太阳一出，就是白天，都等到有一天再说吧。到明天我要走。

太阳晒着港口，把盐味敷到坞边杨树叶片上。

海是绿的，腥的。

一只不知名大果子，有头颅大，腐烂，巴掌大黑斑上攒满苍蝇。

贝壳在沙里逐渐变成石灰。

白沫上飞旋一只鸟，仅仅一只。太阳落下去，

黄昏的光映在多少人额头上，涂了一半金。

多少人向三角洲尖上逼，又转身，散开去。生命如同：

一车子蛋，一个一个打破，倒出来，击碎了，

击碎又凝合。人看远处如烟，

自在烟里，看帆篷远去。

来了一船瓜，一船颜色和欲望。

一船是石头，比赛着棱角。也许

一船鸟，一船百合花。

深巷卖杏花。有骆驼，

骆驼的铃声在柳烟中摇。鸭子叫，一只通红的蜻蜓。

惨绿的霜上的鬼火，

一城灯。嗨客人！

客人，这只是一夜。

你的饿，你的渴，饿后的饱餐，渴中得饮，一天疲倦和疲倦的消除，各种床，各种方言，各种疾病，胜于记得，你一一把它们忘却。你知道没有失望，也没有希望，就该是甚么临到你了。你经过了哪里，将来到哪里，是的，山是高的。一个小小的人，向前倾侧着身体，一步一步，在苍青赭赤之间的一条微微的白道上走。你为自己感动不？

"我知道我并不想在这里出家！"

他为自己的声音吓了一跳。随后，像瞒着自己他想了一想佛殿。这和尚好怪，和尚是一个，蒲团是两个。蒲团，谁在你上面拜过？这和尚，总像不是一个人。他拜一拜，像有一个人随着一起拜。翻开经卷，像有人同时翻开另一卷。而他现在所住这间禅房，分明本不是和尚住的。

这间屋，他一进来就有一种从未有过的感觉。墙非常非常的白，非常非常的平，一切方而且直，严厉逼人。（即此证明并非是老和尚的。）而在方与直之中有一件东西就显得非常非常的圆。不可移动，不能更改，白的嵌着黑的，白与黑之间划得分明。那时一顶大极了大极了的笠子，笠子本来不是这颜色，发黄，转褐，加深，最后乃是黑的。顶尖是一个宝塔形铜顶子，颜色也黑了，一两处锈出绿花。这笠子如今挂在这里，让旅行人觉得不舒服。拔出剑，他出门去。

他舞他的剑。

他是舞他自己，他的爱和他的恨，最高的兴奋，最大的快乐，最汹涌的愤怒，他沉酣于他的舞弄。

把剑收住，他一惊，有人呼吸。

"是我。舞得好剑。"

是和尚，他真是一惊，和尚站得好近，我差点没杀了他。

他一身都是力量，一直到指尖，一半骄傲，一半反抗，他大声说出：

"我要走遍所有的路。"

他看看和尚，和尚的眼睛好亮，他看他眼睛有没有讽刺，和尚如果激怒他，他会杀了和尚！和尚好像并不为他的话，他的声音，所撼动。平平静静，清朗地说：

"很好。有人还要从没有路的地方走过去。"

万山百静之中有一种声音，丁丁的，坚决的，从容的，从一个深深的地方迸出来。

这旅行人，他是个遗腹子。

他母亲怀着他时，他父亲教仇人杀了，抬回家来，只剩得一个气。说出仇人的名字，就死了。母亲解出他手里的剑。仇人的名字则经她用针刺在儿子手臂上，又涂了蓝。那口剑，在他手里。他到处找，按手臂上名字找那个人，为父亲报仇。

不过他一生中没有叫过一声父亲。

真的，有一天他找到那个仇人，他只有一剑把他杀了，他没有话跟他说。他怕自己说不出话来。

有时候他更愿意自己被那个仇人杀了。

父亲与仇人，他一样想象不出是甚么样子。小时候有人说他像父亲。现在他连自己样子都不大清楚。

有时他对仇人很有好感，虽然他一点不认识他。

杀了那个人他干甚么？

既然仇人的名字几乎代替他自己的名字，他可不是借了那个名字而存在的？仇人死了呢？

"我必是要报仇的！"

"我跟你的距离一天天近了。"

"我如果碰到，一看，我就知道是你。"

"即使我一生找不到你，我这一生是找你的了。"

他为他这末一句的声音掉了泪，为他的悲哀而悲哀了。

第二天，一天亮，他跑近一个绝壁。这真是一个尽头，回身来，他才看见天，苍碧嶙峋，不可抗拒的力量压下来。他呼吸细而急，太阳穴跳动，脸色发青，两股贴紧，汗出如浆。剑在他背上，很重。而在绝壁的里面，像是从地心里，发出丁丁的声音，坚决而从容。

他走进绝壁。好黑，半天，他甚么也看不见。退出来？他像是浸在冰水里。而他的眼睛渐渐能看见前面一两尺地方，他站了一会儿，稳住自己。丁，一声，一个火花，赤红的。丁，又一个。风从洞口吹进来，吹在他背上。面前飘过来冷气，不可形容的阴森。咽了一口唾液，他走进去。他听见自己橙橙足音，这个声音鼓励他，教他不踉跄，有样子。里面越走越窄，他得弓着身子。他直视前面，一个一个火花爆出来。好了，到了尽头。到尽头，是一堆长头发，一个人，匍匐，一个凿子，一个锤头，正开凿膝前的方寸。像是没有听见人来，他不回头。渐渐的，他向上凿，他的手举起，举起，旅行人看见两只僧衣的袖子，他披及腰下的长发摇动一下。他举起，举起，旅行人看见那一双手，奇瘦，露骨，全是筋。旅行人向后退一步。和尚把头回过来一下。只一双眼睛，从纷披的长发后面闪出来。旅行人木然。举起举起，火花，火花，再来一个，火花！他差点没晕过去：和尚的手臂上赫然是三个字，针刺的，涂蓝的，是他父亲的名字。一时，他甚么也不见，只有那三个字。一笔一画，他在心里描了那三个字。丁，一个火花，字一跳动。时间从洞外飞逝，一卷白云从洞口掠过。他简直忘记自己背上的剑了，或则是他自己整个消失就剩得这口剑。他缩小缩小，至于没有。然后又回来，回来，好了，他的脸色由青转红，他自己充满于躯体，剑！他拔剑在手。

从容的，坚决的，丁丁的声音；火花，紫赤晶明。

忽然他相信他母亲一定已经死了。

铿的一声，

他的剑落回鞘里。第一朵锈。

他看了看自己脚下，脚下是新凿的痕迹。而在他脚前，另一副锤凿摆着。他俯身，拾起来。和尚稍为往旁边挪过一点。

两滴眼泪闪在庙里白发的和尚的眼睛里。

有一天，两副凿子会同时凿在空里。第一线由另一面射进来的光。

老 鲁

去年夏天我们过的那一段日子实在是好玩。我想不起甚么恰当的词儿，只有说它好玩。学校里四个月发不出薪水，饭也是有一顿没一顿地吃。校长天天在外头跑，想法挪借。起先回来都还说哪儿能弄多少，甚么时候可以发一点钱。不知说了多少次，总未实现。有人于是说，他不说哪一天有，倒还有点希望，一说哪天有，那天准没有。大家颇不高兴，不免发牢骚，出怨言。然后生气的是他说谎，至于发不发薪水本身倒还其次。事实上我们已经穷到极限，再穷下去也不过如此，薪水发下来原无济于事，最多可以进城吃一顿。这个情形没有在内地，尤其是昆明，尤其是我们那个中学教过书的人，大概没法明白。好容易学校挨到暑假，没有中途关门。可是一到暑假，我们的日子就更特别了。钱，不用说，毫无指望。我们已好像把这件事忘了。校长能做到的事是给我们零零碎碎地弄一餐两餐米，买三二十斤柴。有时弄不到，就只有断炊。

菜呢，对不起，校长实在想不到法。可我们不能吃白斋呀，嗨，有了，有人在学校荒草之间发现了很多野生苋菜。这个菜云南人管叫小米菜，不大吃，大都摘来喂猪，或在胡萝卜田堆锦积绣的丛绿之中留一两棵，到深秋时，夕阳光中晶晶的红，看着好玩。学校里的苋菜多肥大而嫩，自己去摘，半天可得一大口袋。借一二百元买点油，多加大蒜，炒它一锅，连锅子掇上桌，味道实在极好。能赊得到，有时还赊半斤本乡土制，未经漉滤的酒来，就土碗里轮流大口大口地喝！小米菜渐渐被我们几个人吃光了，有人又认出一种野菜，说也可以吃的。这种菜，或不如说这种草更恰当些，枝叶深绿色，叶如猫耳大小而又缺刻，有小毛如粉，放在舌头上拉拉的。这玩意儿北方也有，叫作"灰藿菜"，也有叫讹了成"回回菜"的，按即庄子"逃蓬藋者闻人足音则跫然喜"之藋也。若是裹了面，和以葱汁蒜泥，蒸了吃，也怪好吃的。可是我们买不起面粉，只有少施油盐如炒苋菜办法炒了吃吧。味道比起苋菜，可是差远了。另外还有一种菜，独茎直生，周附柳叶状而较软熟的叶子，如一根脱毛的鸡毛掸帚，在人家墙角阴湿处皆可看见的，也能吃，不知怎么似乎没有尝试过。大概灰藿菜还足够我们吃的。学校在观音寺，是一荒村，也没有甚么地方可去。我们眠起居食，皆无定时。一早起来，各在屋里看看书，到山上田里走走，看看时间差不多，就招呼去"采薇"了。下午常在门外一家可以欠账的小茶棚中喝茶，看远山近草，看行人车马，看一阵风卷起大股黄土，映在太阳光中如轻霞薄绮，看黄土后面蓝得（真是）欲流下来的天空。到太阳一偏西，例当再去想法晚饭菜了。晚上无灯，——交不出电灯费教电灯公司把线给铰了，集资买一根土蜡烛，会在一个人屋里，在凌乱的衣物书籍之间各自躺下坐好，天南地北的乱撩一气。或忆述故乡风物，或臧否同学教授，清娓幽俏，百说不厌；有时谈及人生大事，析情讲理，亦颇严肃认真；至说到对于现实政治社会，各人主张不同，带骨有刺的话也有的，然而好像没有尖锐得真打起架来过。

啊呀，题目是"老鲁"，我一头就哩哩拉拉带上了这么些闲话做甚么？我原想记一记老鲁是甚么时候来的，遂情不自禁地说了许多那时候的碎事。我还没有说得尽兴，但只得噎住了。再说多了，不但喧宾夺主，文章不成格局，（现在势必如此，已经如此）且亦是不知趣了。

但这些事与老鲁实在有些关系。前已说过老鲁是那时候来的。学校弄成那样子，大家纷纷求去。真为校长担心，下学期不但请不到教员，即工役校警亦将无人敢来。而老鲁偏在这时会来了。没事在空落落的学校各处走走，有一天，似乎看见校警们所住房间热闹起来。看看，似乎多了两个人。想，大概是哪个来了从前队伍上的朋友了。（学校校警多是退伍的兵。）到吃晚饭时常听到那边有欢声。这个欢声一听即知道是烧酒翻搅出来的。嗷，这些校警有办法，还招待得起朋友啊？要不，是朋友自己花钱请客，翻做主人？走过门前，有人说"汪老师，来喝一杯"，我只说"你们喝，你们喝"，就过去了。是哪几个人也没看清。再过几天，我们在挑野菜时看见一个光头瘦长个子穿草绿色军服的人也在那儿低了头掐那种灰藿菜的嫩头。走过去，他歪了头似笑非笑地笑了一下。这是一种世故，也不失其淳朴。这个"校警的朋友"有五十了，额上一抬眉有细而密的皱纹。看他摘菜，极其内行。既迅速且"确实"。我们之中至今有一个还弄不大清楚，摘苋菜摘了些野菜莉叶子，摘灰藿菜则更不知道是甚么麻啦蓟啦的，都来了，总要别人更给鉴定一番，有时拣不胜拣，觉得麻烦，则不管三七二十一，哗啦一齐倒下锅。这么在摘菜时每天都见面，即心仪神往起来，有点熟了。他就给我们指点指点，那些菜或草吃不得。照他说，简直可吃的太多了！他打着一嘴山东话，言语极有神情趣味。

后来不但是蔬菜，即荤菜亦能随地找得到了。这大概可以说是老鲁发明的。——说发明，不对，应说甚么呢？在我看，那简直就是发明：是一种甲虫，形状略似金龟子，略长，微扁，有一粒蚕豆大，村子里人即管它叫蚕豆虫或豆壳虫。这东西自首夏至秋初从土里钻出来，黄昏时候，漫天飞，地下留下一个一个小圆洞。飞时鼓翅作声，声如黄蜂而微细，如蜜蜂而稍粗。走出门散步，满耳是这种营营的单调而温和的音乐。它们这样营营的忙碌的飞，是择配。这东西一出土即迫切地去完成它生物的义务。到一找到对象，俱就便在篱落枝头息下。或前或后于交合的是吃，极其起劲地吃。所吃的东西却只有柏叶一种。也许它并不太挑嘴，不过至少最喜欢吃柏叶是可断言的。学校后旁小山上一片柏林，向晚时无千带万。单就这点说，这东西是颇高雅的，有如吃果子狸或松鸡。老鲁上山挑水，回来说是这种虫子可吃。当晚他就捉了好多。这不费事，带个可以封盖东西，或瓶或罐，走到那里，随便一掳即可有三五七八个不等，它们毫不知逸避。老鲁笑嘻嘻地拿回来，掐了头，撕去甲翅，熟练得如同祖母她们挤虾仁一样。下锅用油一炸，（他说还有几种做法）撒上重重的花椒盐，搭起酒来了。"老师，请两个嘛！"有大胆的真尝了两个，说是不错。我们都是"有毛的不吃掸子，有腿的不吃板凳"的，经闭目咧嘴地尝了一个之后，"唔！好吃。"于是桌上多了一样菜，而外边小铺里的酒账就日渐其多起来了。这酒账直至下学期快开学时才由校长弄了一笔钱一总代付了的！豆壳虫味道略如清水米虾。可是我若有虾吃决不吃它。以后我大概即没有虾吃时也不会有吃这玩意儿的时候了。老鲁呢，则不可知了。不论会吃或不会吃，他想都当因之而念及观音寺那个地方的吧。

不久，老鲁即由一个姓刘的旧校警领着见了校长，在校警队补了个名字。校长说，饷是一两月内发不出的哩。老刘自然早知道，说不要紧的，他只想清清静静住下，在队伍上走久了，不想干了，能吃一口就像这样的饭就行。（他说到"这样的饭"时在场人都笑了一下。）他姓鲁，叫鲁庭胜，（究竟该怎么写，不知道，他有个领饷用的小木头图章，上头是这三个字。）我们都叫他老鲁，只有总务主任叫他名字。济南府人氏。何县，不详。和他一起来的一个，也"补上"了，姓吴，河北人。

学校之有校警，本是因为地方荒僻，弄几支枪，找俩人背上，壮壮胆子的意思。年长日久，一向又没发生过甚么事情，这个队近于有名无实了。上班时他们抱着根老捷克式，坐在门口长凳上晒太阳，或看学生打球。事闲了则朵朵来米西地走来走去，嘴里咬了根狗尾巴草，与卖花生的老头搭讪，帮赶车的小孩钉蹄铁。日子过得极其从容。有些耐不住的，多说声"没意思"就走了。学校也觉得这么两支老枪还是收起来吧，就一并搁在校长宿舍靠在墙角上锈生灰去了。有时忽然有谁端出来对准一只猫头鹰瞄了半天，当！的一声却打在一棵老栗树叶子最多的地方。校警呢，则留下来的两三个全屈才做了工友本来做的事了。留下来的大都是爱这里的生活方式的，做点杂事倒无所谓。你别说，有一件制服在身，多少有点羁束，现在能爱怎么穿怎么穿，就添了一分自在。可是他们要是太爱那种生活方式，我们就有点不大方便。你要喝水，（做教员的水多重要！）挑水的正在软草浅沙之中躺着看天上的云呢。没办法，这个学校上上下下全透着一种颇浓的老庄气味。自从老吴和老鲁来了，气象才不同起来。

老吴留长发，向后梳，顶上秃了一块，看起来脑门子很高。高眉直鼻，瘦长身材，微微驼背。走路步子碎，稍急点就像跑了。这样的人让他穿件干干净净蓝布大衫比穿军服合适得多。学校里教书的多说国语，他那一口北京话，您啦您啦的就中意。他还颇识字，能读书报。甫来工作不久，有发愤做人之意，在自己床前贴了一副短联：

烟酒不戒哉
不可为人也

戒自然戒不了的，而且何必。老吴不比老鲁小多少，也望五十了，而有此志气，或有立志之兴趣，这在我们看起来，是难得的，而且不知怎么的有点教人难过。哎，又要说不相干的话了，我说了这回事是证明他能写字耳。他管的事是进城送信送文书，在家时则有甚么做甚么。他不让自己闲，那里地不平，找把铲子弄平了；谁窗上皮纸破了，他给糊，而且出主意用清油抹一抹；地下一根草，一片纸屑，他见了，必要拾去；整天看见他在院子里不慌不忙而快快地走来走去。且脑子清楚，态度殷勤，我们每进城与熟人谈天，常提起新来了一个工友，"精彩！"有一天，须派人到一个甚么机关里交涉一宗事情，谁也不愿意去，有人说，让老吴去！校长把自己的一套旧西服取下来，说，"行！"真的老吴换了那身咖啡色西服，梳梳头，拿了张片子就去了。回来，结果自然满好，比我们哪个去都好。

一快放暑假时，大家说，完了，准备瘦吧。不是别的，每年春末之后，差不多全校要泻一次肚。在泻肚时大家眼睛必又一起通红发痒。是水的关系。这村子叫"观音寺"，可是这一带总属于"黄土坡"。昆明春天不下雨，是风季，或称干季，灰沙大得不得了。黄土坡尤其厉害。我们穿的衣服，在家里看看还过得去，一进城马上觉得脏得一塌糊涂。你即使新换了衣服进城也没用，人家一看就知道从哪里来的：我们的头发总是黄的！学校附近没有河，也没人家有井，食用的水大概是从两处挑来。一个是前面田地里的一口塘，一是后面山顶上的一个"龙潭"。龙潭，昆明人叫泉叫龙潭。那也是一口塘，想是底下有水冒上来，故终年盈满，水清可鉴。若能往山上挑龙潭里水来吃用，自是好的。但我们平日不论饮用炊煮漱口洗面的水都是田地里的塘水。向学校抗议呀,是的,找事务主任!可是主任说,"我是管事务的,我也是×××呀!"这就是说他也是个人,不只是除事务之外就甚么也没有了的,他也有不耐烦的时候。跟工友三番二次说,"上山挑!"没用。说一次,挑两天。你不能每次跟着他去。而且,实在的,上山又远,路又不好走。也难怪,我们有时去散散步,来回一趟还怪累的。再加,山上风景不错,可是冷清得很,一个人挑个水桶,斤共斤共,有甚么意思?田里至少有两个娘们锄地插秧,漂衣洗菜,热闹得多。大家呢,不到眼红泻肚时也记不起来;等记起来则已经红都红了,泻也泻了。到时候六味地黄丸或者是苏发甚么东西每人一包,要了一杯(还是塘里来的)水,相对吞食起来。这塘水倒是我们之间的一个契合,一种盟约。老鲁来了,从此我们的肚子不大泻。眼睛是也红的,因为天干,吃得太坏,角膜炎,与水无关。胖自然也没胖起来。老鲁挑水都上山。也并没有哪个告诉他肚子眼睛的事,他往两处看了看,说底下那个水"要不得"。这全校三百多人连吃带用的水挑起来也够瞧的。老鲁天一模糊亮就起来,来来回回不停地挑。有时来不及,则一担四桶,前两桶后两桶。水挑回来,还得劈柴。然后一个人关在茶炉间里烧。自此我们之中竟有人买了茶叶,颇讲究起来了。因为水实在太方便,一天来送好些回。

有人就穷过瘾了：昆明气候好，秋来无一点萧瑟严厉感觉，只稍为尝出百物似乎较为老熟深沉，（仍保留许多青春，不缺天真。）早晚岚雾重些，半夜读书写字时须多加一件衣裳。白天太阳照着，温暖平和，全像一个稍为删改过一番的春天。波斯菊依然未开尽，花小了点，绮丽如旧。美人蕉结了不少籽，而远看猩红一片，连籽儿也如花开。课余饭后在屋前小草坪上，各人搬张椅子，又撩开了。饭能像一顿饭那样的开出，有一件绒线衫在箱子里，还容许我们对未来做一点梦。我听过不止一个人说起过：一太平了，有个家，啊，要好好布置安排一下。让老吴，看门住在前院，管看门，管洒扫应付，出去时留下话，谁来找让他在客厅里等等，漆盒子里有铁观音，香烟在书桌左边抽屉里。老鲁呢，则住在后头小园子里最合适。当真再往下想：老吴要稍为懒一点才好，他得完全依他本性来，尽可借故到天桥落子馆坐坐，有事推给别人做。现在明明是过分"巴结"，不好。他应当有机会在主人工作的藤椅中坐坐，倒一杯好茶喝喝，开开抽屉取三四根烟。而让他去买东西，也必须跟铺子里要一个折扣才对。老鲁大概会把左右邻居的水都包下来。还给对面卖柿子的老太婆挑，有衣服可以让她补补。唔，老鲁多半还要回家种两年地，到田里粮食为蝗虫啃光了或大水冲完时又会坐在老吴门房里等主人回来的。自己想想，不免笑笑。

觉得这告诉不得人。这是"落伍思想"，多少民族人类大事不思索，倒看到自己的暮年了，才二十几岁的人哩。而且或许引起人的剧烈批评，说这是布尔乔亚或甚么的。其实呢，想起来虽用第一人称，倒不失为客观，并无把老吴老鲁供自己役使之意。何必如此严重，想想好玩而已。你看老鲁刚刚冲了茶，茶正在你手里热热的。而老吴夹了一卷今天的报纸来了，另一个手上是两封远地来的信。有人叫住他们俩，把这个好玩意思问他们，一个是"好唉，好唉"，一个"那敢情好"都笑着走开了。我不知道人那么一问他们喜欢不喜欢。这两个四五十岁的人会不会因此而能靠得紧些，有一种微妙关系结在他们心上呢？我有时傻气得很，活在世界上恐怕不要这种东西。不过傻气的人也有。自老吴老鲁一来，学校俨然分为两派，一派拥护老吴，一派拥护老鲁。有时为他们的优劣（其实不好说优劣，优劣只能用在钢笔手表热水壶上！）竟辩论过。我很高兴，我愿意他们喜欢老鲁的人都喜欢老鲁了。至于别的人，我认为他们是根本无可不可，或完全由自己利害观点出发的，可以不予考虑。对于老鲁，有些人的感情可以说是"疼爱"。这好像有点近于滑稽了。可不！原是可笑的。哎，我问你，你是不是一个一点都不可笑的人？我们且问问：

"老鲁，你累不累？"

"累甚么，我的精神是顶年幼儿的来。"

　　这个"顶年幼儿的"，好新鲜的词儿！我们起初简直不懂，一个山东同学（应说"同事"才对，可是我讨厌这个称呼）含笑，他是懂的。老鲁说的对。老鲁并不高大。——人太高大一则容易令人叹惜，糟塌了材料；再，要不就是显得巍巍乎，不可亲近，不近人情。可是老鲁非常紧凑，非常经济。老鲁全身没有一块是因为要好而练出来的肉。处处有来历，这是挑出来的，这是走出来的，这是为了加快血液循环，喘了气而涨出来的，这是吃苦吃出来的。而且，老鲁有一双微微向外的八字脚！这脚不是特别粗大肥厚，反之，倒是瘦瘦长长且薄薄的。老鲁是从有结晶的沙土里长出来的。一棵枣树，或，或甚么呢，想不起来了，就是一棵枣树吧，得。还要往下说么，说他倔强的生根，风里吹，雨里打，严霜重露，荒旱大竭，困厄灾难，……那就贫气了，这你不知道！老鲁他倒是晒太阳喝水，该愁就愁，该喜就喜的活了下来。

　　老鲁十几岁即离家出来吃粮当兵。有一天，学校让我进城买米，我让老鲁一块去。老鲁挟了两个麻布口袋，活活泼泼的这抄一把那掏一撮地看来看去，跟一个掌柜的论了半天价。"不卖？好，不卖咱们走下家。"其实他是看中了那份米，哪里走甚么下家，领着我去看了半天猪秧子，一会儿又回到原来铺子，偏着身子，（像是准备不成立刻就走）扬了头，（掌柜的高高爬在米垛子上）"哎，胡子！卖不卖，就是那个数，二八，卖，咱就量来！"显然掌柜的极中意这个称呼，他有一嘴乌青匝密的牙刷胡子，他乐了乐，当真就卖了！太阳照得亮亮的，这两个人是一幅画。诸位，我这完全是题外之言。我是忘不了那天的情形。真要说的是那天进城的另外一件事。就是那天，我们在进城的马车上，马车（可没有南京上海或美国电影上的那么美）上是庄稼人，保长，小茶棚的老板娘进城办芝麻糖葵花籽，还有两个穿军装的小伙子。这两个小伙子，我想是机械士或师长勤务兵之类，一个手上一只不走的表，另一个左边犬齿镶了金包嵌绿桃子，他们谈他们的，无缘无故的大起声音来，"我们哪里没去过，甚么'交通工具'没坐过！飞机火车坦克车，法国大菜，钢丝床！"老鲁不说话，抽他的烟。等他们下了马车，端着肩膀走了，老鲁说："两个烧包子！"好！这简直是老鲁说的话。老鲁十几岁就当兵了。提起这个，令人惆怅，老是跟老鲁说："老鲁，甚么时候你来，弄点酒，谈谈你自己的事我们听听。"老鲁则说："有甚么可谈的，作孽受苦就是了。好唉，哪天。今儿不行，事多。"老说，老说，终没有个机会。

我们就知道一点点。老鲁在张宗昌手下当过兵。"铳子队。"他说。"童子队？"有人不懂。"铳子队！喉，不懂？铳子队就是马弁。"有人懂。"马弁，噢，马弁。"都懂了。"铣子队，都挑些个年轻漂亮小伙子，才头二十岁！"老鲁说。大家微笑。笑现在，也笑从前。大家自然相信老鲁曾是个年轻漂亮小伙子，盒子炮，两尺长鹅黄丝穗子！老鲁他不悲哀，仿佛那个铣子队是他弟弟似的看他自己。他说了一点大帅的事，也不妨说是他自己的事吧："大帅烧窑子。北京，大帅走进胡同，一个最红的姐儿，窑姐儿叼了支烟，（老鲁摆了个架势，跷起二郎腿，抬眉细目，眼角迤斜。）让大帅点火。大帅说，'俺是个土暴子，俺不会点火。'豁呵，窑姐儿慌了，跪下咧，问你这位，是甚么官衔。大帅说'俺是山东梗，梗，梗！'（老鲁跷起大拇指，圆睁两眼，嘴微张开半天。从他神情中，我们知道'梗，梗，梗！'是一种甚么东西。这个字实在不知道怎么写。大帅的同乡们，你们贵处有此说法么？）窑姐儿说是你老开恩带我走吧。大帅说，'好唉！'（大帅也说'好唉'？）真凄惨，（老鲁用了一个形容词。）烧！大帅有令，十四岁以下，出来。十四岁过了的，一个不许走，烧！一烧烧了三条街，都烧死咧。"——老鲁叙述方法有点特别。你也许不大弄得清白。可不是，我也不知道大帅为甚么要烧窑子。我们就大概晓得那么一回事就是了。当然，老鲁也是点火烧的一个了。他是铣子队嘛。另外我们还知道一点老鲁吃过的东西。其一是猪食。军队到了一个地方，甚么都没有了，饿了好几天了，老百姓不见影子，粮食没有一颗。老鲁一看，咳！有个猪圈，猪是早没有了，猪食盆在呐，没办法，用手捧了一把。嗒，"还有两爿儿整个包谷一剖俩的呢，怪好吃！"老鲁说这比羊肉好吃多了。"比羊肉好吃？"有人奇怪，唉，甚么羊肉，白煮羊肉。"也是，老百姓都逃了，拖到一只羊，杀倒了，架上火烀烂了：没盐！"没盐的羊肉，你没有吃过，你就无法知道多难吃。何况又是瘪了多少日子的肚子。啧啧，老鲁吃过棉花。那年，（他都说得有时间有地方的，我都忘了。）败了，一阵一阵地退。饿的太凶了，都走不动，一步一步拖，有的，老鲁说，"像个空口袋似的颓下去了"。昏昏糊糊的，"队伍像一根烂草绳穿了一绳子烂草鞋，一队鬼"。实在饿狠了。老鲁他不觉得那是他自己。可是得走呀，在那个一眼看不到一棵矮树，一块石头的大平地上走。浑身没有一丝力气，光眼皮那还有点儿劲，不撑住，就搭拉下来了。老鲁看见前头一个人的衣服破了一块，白白的棉花绽出来，"吃棉花！前后肚皮都贴上了，"老鲁的脸上黑了一黑，"棉花啊，也就是填到肚里，有点儿东西。吃下去甚么样儿，拉出来还是个甚么样儿！"这，我们知道，纤维是不大溶解的。可是真没想到这点儿智识用到这上头来。这种事情于我们，还是不大"习惯"。生命到耗到最后一点点，居然又能回来。这教你想起小时候吹灯，眼看快灭了，松了口气，它又旺起来了，由青转红，马上就雪亮。此极不可思议。且说这些经验于老鲁本身是甚么意义呢？噫，这问题不大"普通"，我们且不必管他。然而，老鲁不经过这些事仍无损其为一个老鲁？老鲁呢，他是希望能够安安稳稳地过一辈子。

老鲁这一辈子"下来"过好几次。他在上海南京都住过。下来时，大概都有了点钱。他说在上海曾有过两间房子，想来还开了个小铺子的。南京他弄过一个磨坊。这是抗战以前的事。一打仗，他摔下就跑了。临走时磨坊里还有一百六十多担麦子。离开南京，他身上还有点钱，钱慢慢花完了，"又干上咧"。老鲁是"活过来的"了。他不大怀念那个过去。只有一次，我见他颇为惘然的样子。黄昏的时候，在那个茶棚前，一队驮马过去。赶马的是个小姑娘，呵叱一声，十头八匹马一起撒开步子，背上一个小木鞍桥郭搭郭搭敲着马脊背直响。老鲁细着眼睛，目送过去，兀立良久。他舌尖顶着牙龈肉打了个滚。但在他脱下军帽，抓一抓光头时，他已经笑了："南京城外赶驴子的，都是十七八岁大姑娘，一根小鞭子，哈哧哈哧，不打站，不歇力，一劲儿三四十里地，一串几十个，光着脚巴鸭子，戴得一头的花！"这么一来，那一百六十担麦子不能折磨他了。老鲁在他的形容中似乎得到一点快乐。"戴得一头的花"，他说得真好。

可是话说回来了，一百六十担麦子是一百六十担麦子呀，不是别的。一百六十担麦子比起一斗四升豆子，就显得更多了。也难怪老鲁要提起好多次。老鲁爱的是钱。他那么挑水，也一半为钱。"公家用的"水挑完了之后还给几个有家眷自己起火的，有孩子，衣服多，不能给人洗的，挑私用的水。多少可以得一点钱。有人问老鲁："你要钱干甚么？"意思是"你这么样活了大半辈子，还对这个东西认识不清楚么？"有人且告诉他几个故事。某人某人，赤手起家，弄了三部卡车，来回跑缅甸仰光，几千万的家私，一炮也就完了。护国路有所大洋楼，黄铜窗槛绿绒帘子，颤呀颤的沙发椅子，住了一个"扁担"。这扁担挑了二十年，忽然时来运转发了一笔横财，钱是有了，可是人过得极无意思。到了大场面，大家因他是财主，另眼看待，可是他刘姥姥进大观园，手足无措，一身不自在。就是自己家里白瓷澡盆都光滑冰冷用着不惯。从前的车站码头上一块吃猪耳朵、焖小肠的朋友又没那个敢来攀附他，实在孤独寞寂，整天摸他的大手。再说，三十年，一个马车夫得了法，房子盖得半条弄，又怎么呢，儿子整天为一块瓦片吵架，一家子鸡犬不宁。老鲁说不是这么说。"眼珠子是黑的，洋钱是白的。我家里挣下的几亩田，一定教叔叔舅舅占了卖了。我回去，我老娘不介意，欢欢喜喜的'啊，我儿子回来了！'我就是光着屁股也不要紧。别人嗤，我回来吃甚么？"是的。于是老鲁要攒钱，找钱。到我们这里来，第一着是买了一斗四升豆子。老鲁这回下来时本有几个钱，约十万多一点。（我们那学期的薪水一月二万五。)他一来的确做了不少次主人,请老校警喝酒。连吃带用,又为一个朋友花了四万元。那个朋友队伍上下来,带了一支枪,想卖,路上让人查到了,关起来,老鲁得为他花钱。剩下那点钱,他就买了豆子了。他这大概是世界上规范最小的囤积了。他想等着起价,不想甚么都涨,豆子直跌!没法,卖给拉马车的。自己常常看见那匹瘦骨嶙峋的白马,掀动大嘴格嘣格嘣地嚼他的豆子。可真气人,一脱手,价钱就俏起来了。

　　据我们所知,老鲁后来又把他攒积下来的一点钱"运用"过两次。那是在搬了家以后了。且说我们搬了家。从观音寺搬到白马庙。我是跟老鲁一车子去的。车子,马车。老鲁早已经到那边看过,远远就指给我们看,"那边,树郁郁的,喏是了,旁边有个红红的大房子的"。他好像极欢喜,极兴奋。原因大半是那边"有一口大井,就在开水炉子旁边"。昆明的冬天也一点都不冷。老鲁那天可穿得整整齐齐。不知谁送了一件旧青呢制服,想还是中学时候的东西,老鲁教洗衣老太婆翻了翻,和新的一样。就是小了点。自搬到那边,我住到另一地方,许多事都不大清楚了。过年了(自然是阴历),一清早到学校看看,学校各处打扫得干干净净。房子算是洋房了,台阶上还有几盆花。老吴门上贴了副春联:

　　一夜连双岁

五更分二年

　　是他自己手笔。我猛然想起从前在家里吃的莲子羹来。而老鲁来了，"汪先生来了！"给我作了个揖算拜年。我想起，掏了一千块钱给他。一会儿老吴也来了，我听说他现在地位高了，介乎工差与职员之间了，刚刚见面已打了个招呼，怎么……老吴穿校长送他的咖啡色西服。我没等他表示甚么，又掏出一千，说"我昨天赢了钱，你打酒喝"。我心里一算，一共三千，留一千我自己，刚好！其时我身边有个人望着我笑。本说我请客看电影的，现在只有让她请我，一千元留着买一包吉士斐儿。——自此，老吴以"大总管"自居，常衔了个旧烟斗，各处看来看去。有时在办公室门口大叫"老——鲁！""耳朵上哪去了！""要关照多少次？"老鲁对老吴说得上是恨，除了老吴暴病死了，他才会忘记，且会拿出一点钱为他花一花的吧。而且有一个姓胡的校警写了封信给校长，说："东西是新的好，人是旧的好。"也回来了。胡，二十几岁，派头很新，全是个学生样子，多少事情都由他办了。老鲁就显得更不重要。老鲁似乎很不快乐。——老鲁是因此而不快乐？我知道的，老鲁有一笔钱"陷住了"。老鲁攒积攒积也有卯二十万样子。这钱为一个事务员借去，合资托一个朋友买了谷子。事情不知怎么弄的，久久未有下文。常见老鲁在他的茶炉间独自吃饭，——这时他离群索居，校警之中只一个老刘还有时带了条大狗到他屋子玩玩，来跟他一处吃饭，老鲁是几乎顿顿喝酒。"吃了，喝了，都在我肚子里，谁也别想。"意思是有谁想他的钱似的。我还是不懂，老鲁哪里来的牢骚呢，这样一个人？后来且见他一来就一盘二三十个包子请客，请厨子，请一个女教员所雇女工。我想，这可不得了，老鲁这个花法！渐渐知道，喝，老鲁做了老板了。这包子是学校旁边一个小铺子来的，铺子有老鲁十几万股本。果然，老鲁常蹲在包子铺门前抽他的烟筒，呼噜呼噜。他拿那个新烟筒向我照了照：

"我买了个高射炮！"

佛笃吹着纸煤，抽了一袋，非常满意的样子。

"到云南来，有钱的没钱的，带两样东西回去。有钱的，带斗鸡。云南出斗鸡。没钱，带个水烟筒，——高射炮！"

我挪过一张小凳子，靠门坐下来。门前是一道河，河里汤汤流水，水上点点萍叶，一群小鸭子叽叽咤咤向东，而忽而折向南边水草丛中。呵，鸭子不能叫小鸭子了，颜色早已都黑了。一排尤加利树直直地伸上去。叶子从各种方向承受风吹，清脆有金石声。上头是云南特有的蓝天，圆圆地覆下来。牛哞，哪里有春臼声音。八年了，我来到云南。胜利了也快十个月。一起吃灰藋菜豆壳虫的都差不多离去了。我起来，捡了块石头奋力一掷，看它跌在水里。

艺术家

　　抽烟的多，少；悠缓，猛烈；可以作为我的灵魂状态的记录。在一个艺术品之前，我常是大口大口地抽，深深地吸进去，浓烟弥漫全肺，然后吹灭烛火似的噘着嘴唇吹出来。夹着烟的手指这时也满带表情。抽烟的样子最足以显示体内潜微的变化，最是自己容易发觉的。

　　只有一次，我有一次近于"完全"的经验。在一个展览会中，我一下子没到很高的情绪里。我眼睛睁大，眯住；胸部开张，腹下收小，我的确感到我的踝骨细起来；我走近，退后一点，猿行虎步，意气扬扬；我想把衣服全脱了，平贴着卧在地下。沉酣了，直是"尔时觉一座无人"。我对艺术的要求是能给我一种高度的欢乐，一种仙意，一种狂：我想一下子砸碎在它面前，化为一阵青烟，想死，想"没有"了。这种感情只有恋爱可与之比拟，平常或多或少我也享受到一点，为有这点享受，我才愿意活下去，在那种时候我可以得到生命的实证；但

"绝对的"经验只有那么一次。我常常为"不够"所苦，像爱喝酒的人喝得不痛快，不过瘾，或是酒里有水，或是才馋起来酒就完了。或是我不够，或是作品本身不够。真正笔笔都到了，作者处处惬意，真配（作者自愿）称为"杰作"的究竟不多；（一个艺术家不能张张都是杰作，真苦！）欣赏的人又不易适逢其会的升华到精纯的地步，所以狂欢难得完全。我最易在艺术品之前敏锐地感到灵魂中的杂质，沙泥，垃圾，感到不满足；我确确实实感觉到体内的石灰质。这个时候我想尖起嗓子来长叫一声，想发泄，想破坏；最后是一阵涣散，一阵空虚掩袭上来，归于平常，归于俗。

我想学音乐的人最有福，但我于此一无所知；我有时不甘隔靴搔痒，不甘用累赘笨重的文字来表达，我喜欢画。用颜色线条究竟比较直接得多，自由得多。我对于画没有天分；没有天分，我还是喜欢拿起笔来乱涂，虽不能至，心向往之。而结果都是愤然掷笔，想痛哭。要不就是"寄沉痛于悠闲"，我会很滑稽地唱两句流行歌曲，说一句下流粗话，模仿舞台上的声调向自己说"可怜的，亲爱的××，你可以睡了"。我画画大都在深夜，（如果我有个白天可以练习的环境，也许我可以做一个"美术放大"的画师吧！）种种怪腔，无人窥见，尽管放心。

从我的作画与看画（其实是一回事）的经验，我明白

"忍耐"是个甚么东西；抽着烟，我想起米盖朗皆罗，——这个巨人，这个王八蛋！我也想起白马庙，想起白马庙那个哑巴画家。

白马庙是昆明城郊一小村镇，我在那里住了一些时候。

搬到白马庙半个多月我才走过那座桥。

在从前，对于我，白马庙即是这个桥，桥是镇的代表。——我们上西山回来，必经白马庙。爬了山，走了不少路；更因为这一回去，不爬山，不走路了，人感到累。回来了，又回到一成不变的生活，又将坐在那个办公桌前，又将吃那位"毫无想象"的大师傅烧出来的饭菜，又将与许多熟脸见面，招呼，（有几张脸现在即在你身边，在同一条船上！）一想到这个，真累。没有法子，还是乖乖的，帖然就范，不做徒然的反抗。但是，有点惘然了。这点惘然实在就是一点反抗，一点残余的野。于是抱头靠在船桅上，不说话，眼睛空落落看着前面。看样子，倒真好像十分怀念那张极有个性而颇体贴的跛脚椅子，想于一杯茶，一支烟，一点"在家"之感中求得安慰似的。于是你急于想"到"，而专心一意于白马庙。到白马庙，就快了，到白马庙看得见城内的万家灯火。——但是看到白马庙者，你看到的是那座桥。除桥而外，一无所见，房屋，田畴，侧着的那棵树，全附属于桥，是桥的一部分。（自然，没有桥，这许多景物仍可集中于另一点上，而指出这是白马庙。然而有桥呀，用不着假设。）我搬来之时即冉冉升起一个欲望：从桥上走一走。既然这个桥曾经涂抹过我那么多感情，我一直从桥下过，（在桥洞里有一种特别感觉，一种安全感，有如在母亲怀里，在胎里。）我极想以新证旧，从桥上走一走。这么一点小事，也竟然搁了半个多月！我们的日子的浪费呀。

这一天我终于没有甚么"事情"了，我过了桥，我到一个小茶馆里去坐坐。我早知道那边有个小茶馆。我没有一直到茶馆里去，我在堤边走了半天，看了半天。我看麦叶飘动，看油菜花一片，看黄昏，看一只黑黑的水牯牛自己缓步回家，看它偏了头，好把它的美丽的长角顺进那口窄窄的门，我这才去"访"这家茶馆。

第一次去，我要各处看看。

进一个有门框而无门的门是一个一头不通的短巷。巷子一头是一个半人高的小花坛。花坛上一盆茶花（和其他几色花木，杜鹃，黄杨，迎春，罗汉松）。我的心立刻落在茶花上了。我脚下走，我这不是为喝茶而走，是走去看茶花。我一路看到茶花面前。我爱了花。这是我见过的最好的茶花（云南多茶花），仿佛从我心里搬出来放在那儿的。花并不出奇，地位好。暮色沉沉，朦胧之中，红焰焰的，分量刚对。我想用舌尖舔舔花，而我的眼睛像蝴蝶从花上起来时又向前伸了出去，定在那里了，花坛后面粉壁上有画，画教我不得不看。

画以墨线勾勒而成，再敷了色的。装饰性很重，可以说是图案（一切画原都是图案），而取材自写实中出。画若须题目，题目是"茶花"。填的颜色是黑，翠绿，赭石和大红。作风倩巧而不卖弄；含混，含混中觉出一种安分，然而不凝滞。线条严谨匀直，无一处虚弱苟且，笔笔诚实，不笔在意先，无中生有，不虚妄。各部分平均，对称，显见一种深厚的农民趣味。

谁在这里画了这么一壁画？我心里沉吟，沉吟中已转入花坛对面一小侧门，进了屋了。我靠窗坐下，窗外是河。我招呼给我泡茶。

——这是……这是一个细木作匠手笔；这个人曾在苏州或北平从名师学艺，熟习许多雕刻花式，熟能生巧，遂能自己出样；因为战争，辗转到了此地，或是回乡，回到自己老家，住的日子久了，无适当事情可做，才能跃动，偶尔兴作，来借这堵粉壁小试牛刀来了？……

这个假设看来亦近情理，然而我笑了，我笑那个为我修板壁的木匠。

我一搬来，一看，房子还好，只是须做一个板壁隔一隔。我请人给我找个木匠来。找了三天，才来，说还是硬挪腾出时候来的。他鞋口里还嵌着锯屑，果然是很忙的样子。这位木匠师傅样子极像他自己脚上那双方方的厚底硬帮子青布鞋子。他钉钉刨刨，刨刨钉钉，整整弄了三天，一丈来长的壁子还是一块一块的稀着缝，他自己也觉得板壁好像不应当是这样的，看看板壁看看我，笑了：

"像入伍新兵，不会看齐！"

我只有随着他说："更像是壮丁队，才从乡下抓来，没有穿制服，颜色黑一块白一块。"而且，最后一块还是我自己钉上去的。他闺女来报信，说家里猪病了，看样子不大好，他撇下榔头就跑，我没有办法，只有追出去，请他把含在嘴里的洋钉吐出来给我，自己动手。这一去，不回来了，过了两天才来取回他的家私。不知是猪好了，还是连猪带病吃在他的肚子里了。这个人长于聊天，说话极有风趣，做活实在不大在行。——哦，我还欠他一顿酒呢，他老是东扯西拉的没个完，谈到得意处，把斧头凿子全撂在一边，尽顾伸手问我"美国烟可还有？"我说："烟有，可是你一边做事一边抽烟。先把板壁钉好，否则我要头痛伤风，有趣的话太多，二天我们打二斤升掺市，切一盘猪耳朵，咱们痛痛快快谈谈。"这个约不必真，却也不假，他想当记在心里。可别看这位大师傅呀！他说乡下生活本来只是修水车，钉船桨，板壁不大有人家有，所以弄得不顶理想；但是除了他，更没有人干得了；白马庙一带从来就是他家三代单传，泥木两作，所以他那么忙。

这个画当然不可能是他画的。

乡下房子暗，天又晚了，黑沉沉的，眼睛拣亮处看，外头还有光，所以我坐近窗口。来喝茶的目的还就是想凭窗而看，河里船行，岸上人走，一切在逐渐深浓起来的烟雾中活动，脉脉含情，极其新鲜；又似曾相识，十分亲切。水草气味，淤泥气味，烧饭的豆秸烟微带忧郁的焦香，窗下几束新竹，给人一种雨意，人"远"了起来。我这样望了很久，直到在场上捉迷藏的孩子都回了家，田里的苜蓿消失了紫色，野火在远远的山头晶明地游动起来，我才回过身来。

我想起口袋里的一本小书，一个朋友今天刚送我的。我想这本书想到多时，终于他给我找到一本了。我抽出书来，用手摸摸封面。这时我本没有看书的意思，只是想摸摸它罢了，而坐在炉旁的老板看见了，他叫他的小老二拿灯。为了我拿灯，多不好意思；我想说，不要，不必，我倒愿意这么黑黑地坐着，这一说，更麻烦，老板必以为我是客气；好了，拿就拿吧。

灯来了，好亮，是电石灯。有人喝住小老二：

"挂在那边得了，有臭气，先生闻不惯。"

我这才看见，这可不是我们三代单传，泥木两作的大师傅吗！久违了。刚才我似乎觉得角落上有人伏在桌上打瞌睡，黑影中看不清，他是甚么时候梦回莺啭地醒来了？好极了，这个时候有人撩撩再好没有。他过来，我过去；我掏烟，他摸火柴，但是他火柴划着了时我不俯首去点烟；小老二灯挂在柱子上，灯光照出，墙上也有画！我搁下他，尽顾看画了。走到墙前，我自己点了烟。

一望而知与花坛后面的是同一手笔。画的仍是茶花，仍是墨线勾成，敷以朱黑赭绿，墙有三丈多长，高二丈许，满墙都是画，设计气魄大，笔画也更整饬。笔画经过一番苦心，一番挣扎，多少割舍，一个决定；高度的自觉之下透出丰满的精力，纯澈的情欲；克己节制中成就了高贵的浪漫情趣，各部分安排得对极了，妥帖极了。干净，相当简单，但不缺少深度。真不容易，不说别的，四尺长的一条线从头到底在一个力量上，不踟躇，不衰竭！如果刚才花坛后面的还有稿样的意思，深浅出入多少有可以商量地方，这一幅则作者已做到至矣尽矣地步。他一边洗手，一边依依地看一看，又看一看自己作品，大概还几度把湿的手在衣服上随便那里擦一擦，拉起笔又过去描那么两下的；但那都只是细节，极不重要，是作者舍不得离开自己作品的表示而已，他此时"提刀却立，踌躇满志"，得意达于极点，真正是"虽南面王不与易也"。这点得意与这点不舍，是他下次作画的本钱。不信试再粉白一堵墙壁，他准立刻又会欣然命笔。他余勇可贾，灵感尚新。但是一洗完手，他这才感到可真有点累了。他身体各部分松下来，由一个艺术家变为一个常人，好适应普通生活，好休息。好老板，给他泡的茶在那里？他最好吃一点甜甜的，厚厚的，一咬满口的，软软的点心，像吉庆祥的重油蛋糕即很好。

Ladies and gentlemen，来！大家一齐来，为我们的艺术家欢呼，为艺术的产生欢呼！

我站着看，看了半天，我已经抽了三支烟，而到第四根烟掏出来，叼上，点着时，我知道我身后站着的茶馆老板，木匠师傅，甚至小老二，会告诉我许多事，我把茶杯端到当中一张桌子上，请他们说。

（啊，怎么半天不见一个人来喝茶？）

茶馆老板一望而知是个阅历极深的人。他眼睛很黑，额上皱纹深，平，一丝不乱，唇上一抹整整齐齐的浓八字胡子，他声音深沉，而清亮，说得很慢，很有条理，有时为从记忆中汲取真切的印象，左眼皮常常搭一点下来，手频频抚摸下巴，——手上一个羊脂玉扳指。我两手搁在茶碗盖上，头落在手上，听他娓娓而说。

这是村子里一个哑巴画的。这个人出身农家，却不知为甚么的，自小就爱画，别的孩子捉田鸡烧蚱蜢吃，他画画；别的孩子上树掏鸟蛋，下河摸螺蛳，他画画；人抽陀螺，放风筝，他画画；黄昏时候大家捉迷藏，他画画；别人干别的，他画画。有人教过他么？——没有。他简直没有见过一个人画之前自己就已经开始能把看到的东西留个样子下来了，他见甚么，画甚么；有甚么，在甚么上画。平常倒也一样，小时能吃饭，大了学种田，一画画，他就痴了。乡下人见得少，却并不大惊小怪，他爱画，随他画去吧。他是个哑子，不能唱花灯，打连厢，画正好让他松松，乐乐。大家见他画得不比城里摆摊子画花样的老太太画得差，就有人拿鞋面，拿枕头帐檐之类东西让他画。一到有人家婆媳妇嫁女儿，他都要忙好几天。那个时候村子里姑娘人人心中搁着这个哑巴。

　　"我出过门，南北东西也走过数省，我真真假假见过一点画，一懂不懂，我喜欢看。我看哑巴画的跟画花样的老婆子的不一样，倒跟那些古画有些地方相同。我说不出来，……"

　　老板逐字逐句地说，越慢，越沉。我连连点头，我试体会老板要说而迟疑着的意思：

　　"比如说，他画得'活'，画里有一种东西，一种说不出来的东西，看久了，人会想，想哭？"

　　老板点头，点得很郑重其事。我看到老板眼中有一点湿意。

　　"从前他没事常来我这里坐坐，我早就有意想请他给我画点东西。他让我买了几样颜色，说画就画。外头那个画得快。里头这张画了好些时候。他老是对着墙端详，端详，比来比去地比，这么比那么比。……"

老板大拇指摸他的扳指，摸来，摸去，眼睛看在扳指上，眉头锁了一点起来。水开了，漫出壶外，嘶嘶地响。老板起来，为我提水来冲，并通了通炉子。我对着墙，细起眼睛看，似乎墙已没有了，消失了：剩下画，画凸出来，凌空而在。水冲好了，我喝了一口茶，好酽，我问：

"现在？——"

老板知道我问甚么，水壶往桌上一顿：

"唉，死了还不到半年。"

我不知如何接下去说了，而木匠忽然呵呵大笑起来，笑得上气不接下气，我愕然。他说出来，他笑的是哑巴喜欢看戏，看起怪有味。他以为听又听不见，红脸杀黑脸，看个甚么！

灯光太亮，我还是挪近窗口坐坐。窗外已经全黑了，星星在天上。水草气更浓郁，竹声萧萧。水流，静静地流，流过桥桩，旋出一个一个小涡，转一转，顺流而下。我该回去了，我看见我所住的小楼上已有灯光，有人在等我。

散步回来之后，我一直坐在这里，坐在这张临窗的藤椅里。早晨在一瓣一瓣地开放。露水在远处的草上蒙蒙的白，近处的晶莹透澈，空气鲜嫩，发香，好时间，无一点宿气，未遭败坏的时间，不显陈旧的时间。我一直坐在这里，坐在小楼的窗前。树林，小河，蔷薇色的云朵，路上行人轻捷的脚步，……一切很美，很美。

一清早，天才亮，我在庙前河边散步，一个汉子挑了两桶泔水跟我擦身而过，七成新的泔水桶周围画了一带极其细密缠绵的串枝莲，笔笔如同乌金嵌出的。

我坐了很久，很久。我随便拿起一本书，翻，翻，摊在我面前的是龚定庵的《记王隐君》：

      于外王父段先生废簏中见一诗，不能忘。于西湖僧经箱中见书《心经》，蠹且半，如遇簏中诗也，益不能忘。

戴车匠

　　"戴车匠"在我们不但是一个人，一间小店，还是一个地名。他住在东街与草巷相交地方。东街与草巷相交处大家称为草巷口。但对我们说起来这实在不够精确。虽然东街也还比不上别处的巷子大，但街与巷相交总就有四个"口"，左边右边，这边那边。大人们凡事都含糊，因为他们生活中只需这么含糊即可对付过去。我们可不成。比如：巷口街这边有个老太婆摆摊子，卖的是桃子，杏子，香瓜，柿饼，牙枣子，风荸荠，杨花萝卜，泥娃娃，啯啯鸡；对面也有一个老太婆，卖的是啯啯鸡，泥娃娃（有好多种），杨花萝卜（我在别处虽亦见过这种水红色，粗长如指，杨花飞时挑出来卖，生嚼凉拌都脆爽细嫩无比的萝卜，可是没有吃过；我总觉不是我们故乡的那一种，仅仅略具形似而已），风荸荠，牙枣子，桃子，杏子，香瓜，还有柿饼子，完全一样！你说这怎么办？有时还好，可以随便；在她们生意都还不错，在有新货下市时候，她们彼此也都和颜悦色的时候，亲热得像对老姊妹的时候，那就无所谓，我们买谁的都觉得一样。这边那边，一样。有时，可就麻烦，又要处心积虑，又要临时见机，又要为自己利害打算，又要用自己几个钱和显明的倾向态度来打抱不平。而且我们之间意见常不一样。那就得辩论，甚至出恶言恶声，吵闹起来，要麻油拌芥菜，各有心中爱，各走各的路。完了，我们之间有一道鸿沟！要十分钟，或要半点钟，或半天，甚至三两天，时间才填平了它，又志同道合，莫逆无间，不恨，不轻视。这两个老太婆又有时这个显得比那个穷，有时那个显得比这个穷。有时这边得到侄儿一点支助，买了一堆骄傲的货色，盛气凌人，不可一世。有时那个的女儿给她做了件新毛蓝布褂子，她就觉得不屑与裤裆里都有补丁的人相较量。她们老是骂架，一骂一整天，老是那些话，骂骂，歇歇，又骂骂。做一笔买卖，数钱拣货；青菜汤送下一大碗干饭，这就有时间准备新的武器，聚了一堆她们自以为更泼辣淋漓的言语，投过去，抛回来，希望伤人要害。这对我们说起来，未免可厌，因为骂人都不好看。尤其她们相骂时，大都是坏天气，全世界都不舒服的时候。她们的生意都非常坏，摊子上尽是些陈旧干瘪的货品，又稀少可怜。她们的恨毒注洇在颓老之中，像下雨天城门口的泥泞。她们的肝火焚烧她们的太阳穴，她们的头发披下来，她们都无望无助，孤苦凄怆，哀哀欲绝。——为甚么没有人劝劝她们呢？
你想想看，手放在口袋里，搓摩着温热的铜钱，我们何
以为情？我们立着看了半天，渐渐已忘记了想买的东西；
不想吃甚么，也不想玩甚么，为一种十分深沉黏着的痛
楚所孕育，所教化。——有时，她们会扭住衣角和一点
小小发髻打起来，一面嘶声诅咒一面打。她们都打不动了，
然而她们用艰硬的瘦骨相冲撞，撕，咬，抓头发，拉破别
人的衣服。一场心长力拙，松懈干枯的争斗。她们会有一
天有一个打死的。不是死在人手上，自己站脚不稳，踉跄
跄一跤摔在石头角上碰破脑袋死去。……啊，不说这个吧。
告诉你这些只是借此而告诉你虽是那么一街之隔可是距
离多远。所以不能含糊，所以不能含糊地说是"草巷口"。
草巷口一边是个旱烟店，另一边是戴车匠店。你看要是
有个捏小面人的来了，吹糖人的来了，耍木偶戏的来了，
背负韦驮，化缘的游方僧人来了，走江湖挂水碗的来了，
各种各样惊心动魄的人物事情在那里出现，我们飞奔着去
看，你要是说"草巷口"，那多急人。你一说"戴车匠家"，
就多省事明白。大家就一直去，不需东张西望。"戴车匠"，
"戴车匠"，这在我们不是三个字，是相连不可分，成为
一体的符号。戴车匠是一点，集聚许多东西，是一个中心，
一个底子。这是我们生活中的一格，一区，一个本土和
一个异国，我们的岁月的一个见证。我们说"戴车匠家"，

不说"戴车匠家门前"。一则那么说太噜嗦，再我们似把门外这一切活动，一切景物情感都收纳到他的那间小店里去，似乎是属于它，为它所有；为他，为戴车匠所有了；虽然戴车匠的铺子那么那么小，戴车匠是不沾蘸甚的那么一个人。戴车匠是一颗珠子，从水里拿出来，不留一滴。——正因为他是那么一个人吧。

我记得戴车匠的板壁上贴的一副小红春联，每年都是那么两句，极普通常见的两句：

室雅何须大

花香不在多

虽是极普通常见，甚至教人觉得俗，俗得令人厌恶反感，可是贴在戴车匠家就有意义，合适，感人。虽然他那半间店面说不上雅不雅，而且除了过年插一枝山茶，端午菖蒲艾叶石榴花，八九月或者偶然一枝金桂，一朵白荷以外，平常也极少插花——插花的壶是总有一个的，老竹根，他自己车床上琢出来的，总供在一个极高的方几上。说是"供"，不是随便说，确是觉得那有一种恭敬，一种神圣，一种寄托和一种安慰，即使旁边没有那个小小的瓦香炉，后面不贴一小幅神像。我想我不是自以为然，确是如此。我想，你若是喜爱那个竹根壶，想花钱

向他买来，戴车匠准是笑笑，"不卖的"。戴车匠一生没
有遇过几个这样坚老奇怪的根节，一生也不会再为自己
车旋一个竹壶。它供在那里已经多少年，拿去了你不是
叫他那个家整个变了个样子？他没有想得太多，可是卖
这个壶是他从来没有想到过的。他只有那么一句话，笑笑，
"不卖的"。别的问答他不知道，他不考虑。你若是真的
去要，他也高兴。因为有人喜爱他喜爱得成了习惯的东西，
你就醋新了他的感情。他也感激你，但他只能说："我给
你留意吧，要再遇到这样的竹子。"会留意的，他当真会
留意的，他忘不了。有了，他就做好，放在高高的地方，
等你去发现，来拿。——你自然会发现，因为你天天经过，
经过了总要看一看。他那个店面是真小。小，而充实。

　　小，而充实。堆着，架着，钉着，挂着，各种各样的
东西。留出来的每一空间都是必须的。从这些空间里比从
那些物件上更看出安排的细心，温情，思想，习惯，习
惯的修改与新习惯的养成，你看出一个人怎样过日子。

　　当门是一具横放的榉木车床，又大又重，坚硬得无从
想象可以用到甚么时候。它本身即代表了永远。那是永远
也不会移动的，简直好像从地里长出来的，一个稳定而
不表露的生命。这个车床没有问题比戴车匠岁数还要大，
必是他父亲兼业师所传留下来的。超过需要的厚实是前
代人制作法式。（我们看从前的许多东西老觉得一个可以

改成两个三个用。）这个车床的形貌有些地方看起来不大讲究。有的因材就用，不拘小节，歪着扭着一点就听它歪着扭着一点，不削斫太多以求其平直，然而这无妨于它大体的俨然方正。用了这许多年了，许多不光致斧凿痕迹还摸得出来，可是接榫卡缝处吻投得真紧，真确切，仿佛天生的一个架子，不是一块块拼拢来的。多少年了，不摇，不晃，不走一点样！这个车床占了几乎二分之一的店堂，显然这是最重要的东西，其余一切全附属于它，且大半是从这个车床上做出来的。大车床里头是一个小车床。戴车匠做一点小巧东西则在小车床上。那就轻便得多，秀气得多，颜色也浅，常擦摩处呈牙黄色，光泽异常，木理依约可见，这是后来戴车匠自己手制的。再往里去，一伸手是那张供香炉竹壶高几。车床后面有仅容一人的走道。挨着靠墙而放的一条桌向里去，是内室了。想来是一床，一灯案，低梁小窗，紧凑而不过分杂乱。当有一小侧门，通出去是个狭长小天井。看见一点云，一点星光，下雨天雨水流在浅浅的阴沟里。天井中置水缸二口，一吃一用；煮饭烧茶风炉两只。墙阴凤仙花自开自落，砖缝里几丝草，在轻风中摇曳，贴地爬着几片马齿苋，有灰蓝色螟蛾飞息。凡此虽非目睹，但你见过许多这样格局的房子，原是极契熟的。其实即从外面情形，亦不难想象得知。——他吃饭用的碗筷放在那里呢？条桌上首墙上，他挖开了一块，四边钉板，安小门两扇，这就成了个柜子。分成几隔，不但碗筷，他自己的茶叶罐子烟荷包，重要小工具，祖传手绘的图样，订货的底子，跟他儿子的纸笔，女人的梳头家私，全都有了妥停放处。屈半膝在骨牌凳上，可以方便取得。我小时颇希望能有个房间有那样一个柜子，觉得非常有趣。他的白蜡杆子，黄杨段子，桑木枣木梨木材料则搁在高几上一个特制架上，堆得不十分整齐，然而有一种秩序，超乎整齐以上的秩序。（车匠所需木料不多。）架子的支脚翘出如壶嘴，就正好挂一个蝈蝈笼子！

戴车匠年纪还不顶大，如果他有时也想想老，想得还很昧暧，不管惨切安和，总离着他还远，不迫切。他不是那种一步即跌入老境的人，他只是缓缓的，从容的与他的时光厮守。是的，他已经过了人生的峰顶。有那么一点的，颤栗着，心沉着，急促地呼吸着，张张望望，彷徨不安，不知觉中就越过了那一点。这一点并不突出、闪耀，戴车匠也许纪念着，也许忽略了。这就是所谓中年。

吃过了早饭，看儿子夹了青布书包，（知道他的生书已经在油灯下读熟，为他欢喜。）拿了零用钱，跳下台阶，转身走了，戴车匠还在条桌边坐了一会儿。天气很好。街上扫过不久，还极干净。店铺开了门的不少，也还有没有开的。这就都要一家一家的全打开的。也许有一家从此就开不了那几块排门了，不过这样的事究竟不多。巷口卖烧饼油条的摊子热闹过一阵，又开始第二阵热闹了。烧饼槌子敲得极有精神，（槌子是从戴车匠家买去的）油条锅里涌着金色泡沫。风吹着丁家绵线店的大布招卷来卷去。在公安局当书办的徐先生埋着头走来，匆忙地向准备好点头的戴车匠点一个头，过去了。一个党部工友提一桶糨子在对面墙上贴标语。戴车匠笑，因为有一张贴倒了。正看到知道一定有的那一张，"中华民国万岁"，他那把短嘴南瓜形老紫砂壶已经送了出来，茶泡好了，这他就要开始工作了。把茶壶带过去，放在大小车床之间的一个小几上，小几连在车床上。坐到与车床连在一起的高凳上，戴车匠也就与车床连在一起，是一体了。人走到他的工作之中去，是可感动的。先试试，踹两个踏板，看牛皮带活不活；迎亮看一看旋刀，装上去，敲两下；拿起一块材料，估量一下，眼睛细一细，这就起手。旋刀割削着木料，发出轻快柔驯的细细声音，狭狭长长，轻轻薄薄的木花吐出来。……

木花吐出来，车床的铁轴无声而精亮，滑滑润润转动，牛皮带往来牵动，戴车匠的两脚一上一下。木花吐出来，旋刀服从他的意志，受他多年经验的指导，旋成圆球，旋成瓶颈状，旋苗条的腰身，旋出一笔难以描画的弧线，一个悬胆，一个羊角弯，一个螺纹，一个杵脚，一个瓢状的、铲状的空槽，一个银锭元宝形，一个云头如意形……狭狭长长轻轻薄薄木花吐出来，如兰叶，如书带草，如新韭，如番瓜瓤，戴车匠的背佝偻着，左眉低一点，右眉挑一点，嘴唇微微翕合，好像总在轻声吹着口哨。木花吐出来，挂一点在车床架子上，大部分从那个方洞里落下去，落在地板上，落在戴车匠的脚上。木花吐出来，婉转的，绵缠的，谐协的，安定的，不慌不忙地吐出来，随着旋刀悦耳地吟唱。……

戴车匠上下午各连续工作两个时辰。其中稍稍中断几次，走下来拿点材料，翻翻图样，比较比较两批所做货色是否划一，给车轴加点油。做成了一个货色，握在手里，四方八面端详端详，再修一两刀，看看已经合乎理想，中规应矩了，就放在车床前一块狭板上，一个一个排起来。虽然他不赶急，但也十分盼待着把这块板上排得满满的吧。他笑他儿子写字总望一口气写满一张纸，他自己也未始不愿人知道他是个快手。这样的年纪也还有好胜心的。似乎他每天派给自己多少工作，把那点工作做好，即为满意。能分外多做几件就很按捺不住得意了。这点得意只有告诉他女人听，甚至想得到两句夸奖，一点慰劳，哈！他自然可以有时间抽一袋烟，喝两口茶，伸个懒腰；高兴，不怕难为情，也尽管哼两句朱买臣桃花宫老戏，他允许自己看半天洋老鼠踩车推磨，——他的洋老鼠越来越多，它们的住家也特别干净，曲折；逗逗檐前黄雀，用各种亲密调侃言语。黄雀就竭其所能地唱起来，蓬松了脖子上的毛，耸耸肩，剔剔足，恣醋而矜庄地嘚弄了半天，然后用珊瑚小嘴去啄一口食，饮一点水。戴车匠，可又认为它跟叫天子学了坏样，唱不成腔，——初学养鸟人注意：凡百鸟雀不可与叫天子结邻并挂，叫天子是个嗓子冲而无修养训练的野狐禅唱歌家，油腔滑调，乱用表情！在合唱时尤其只听到它的荒怪的逞喉极叫。——一面戴车匠又俯到他的工作上去，有的时候，忽然，他停下来，那就是想到了一点甚么事。或是记一记王老五请的一会甚么时候该他自己首会了；或是儿子塾师过生，该备一点礼物送去，今年是整五十；或是刘长福托他斡旋一件什么事，那一头今天该给回话；或是澡堂里听来一个治风湿痛秘方，他麻二叔正用得着，可是六味药中有一味比较生疏，得去问问；或是，哦，老张呀，死了半年多，昨天夜里怎么梦见他了，还好好的，还是那样子，还说了几句话，话可一句也记不得了；老张儿子在湖西屠宰税上跑差，该没有甚么吧？这就教他大概筹计筹计下午该往那里走走，碰些甚么人，做点甚么事，怎么说那些话。他的手就扶上了左额，眼睛眯暧，不时眨一眨。甚至有时等不及吃饭时再说，就大声唤女人出来商量。有时，甚至立刻进去换了件衣服，拿了扇子就出去了，临走时关照下来，等不等他吃饭；有谁来让候一候还是明天再来；船上人来把挂在门柱上那一串东西交给他拿去，钱或现交或下次转来再带来都可以。……他走了，与他的店，他的车床小别。

平常日子，下午，戴车匠常常要出去跑跑，车匠店就空在那儿。但是看上去一点都不虚乏，不散漫；不寂寞，不无主。仍旧是小，而充实。若是时间稍久，一切，店堂，车床，黄雀，洋老鼠，蝈蝈，伸进来的一片阳光，阳光中浮尘飞舞，物件，空间；隔壁侯银匠的槌子声音与戴车匠车床声音是不解因缘，现在银匠槌子敲在砧子上像绳索少了一股；门外的行人，和屋后补着一件衣服的他的女人，都在等待，等待他回来，等待把缺了一点什么似的变为完满。——戴车匠店的店身特别高，为了他的工作，（第一木料就怕潮）又垫了极厚的地板，微仰着头看上去有一种特别感觉。也许因为高，有点像个小戏台，所以有那种感觉吧。——自然不完全是。

戴车匠所做东西我们好多叫不出名字，不知道干甚么用的。比如二尺长的大滑车，戴车匠告诉我是湖里粮船上用的，因为没有亲身验证，所以都无真切印象。——也许后来，我稍长大，有机会在江湖漂泛，看见过的，但因为悬结得那么高，又在那么大的帆前面，那么大的船，那么大的水，汪洋浩瀚之中，这么一个滑车看上去也算不得甚么了吧。人也大了，不复充满好奇，甚么事多失去惊愕兴趣了。——不过在大帆船上看那些复杂绳索在许多滑车之中溜动牵引，上上下下，想到它们在航行时可起作用，仍是极迷人的。我真希望向戴车匠询问各种滑车号数，好到船上混充内行！滑车真多，一串一串挂在梁上。也许戴车匠自己也没有看人怎样用它吧？不过不要紧，有烧饼槌子，搓烧麦皮子小棒，擀面杖，之字形活动衣架，蝇拂上甘露子形状柄子，……他随处可以看见自己手里做出来的东西在人手里用。老太太们都有个捻线槌，早晚不离手地在巷口廊前搓，一面与人谈桑麻油米，儿女婚嫁。木碗木勺是小儿恩物，轻便，发脾气摔在地下不致挨打挨骂，敲着橐橐地响又可以想它是个甚么它就是个甚么，木鱼，更柝，取鱼梆子，还有你想也想不出的甚么声音的代表。——不过自从我有一次听说从前大牢里的囚犯是以木碗吃饭的，（瓷碗怕他们敲破了用来挖空逃跑或以破片割断喉管自杀。）则不免对这个东西有了一种悲惨印象。自然这与戴车匠没有甚么关系，不该由他负责。看见有人卖放风筝绕线用的小车子，我们眼中盈盈的是羡慕的光。我们放的是酒坛、三尾、瓦片，不知甚么时候才能使用这么豪侈的器械。啊，我们是忘不了戴车匠的。秋天，他给我们做陀螺，做空钟。夏天，做水枪。春天，竹蜻蜓。过年糊兔儿灯，我们去买轱辘。

戴车匠看着一个一个兔儿灯从街上牵过去，在结了一点冰的街上，在此起彼歇锣鼓声中，爆竹硝黄气味中，影影沉沉纸灯柔光中。但我最喜欢的还是爬上高台阶向他买"螺蛳弓"。别处不知有无这样的风俗，清明，抹柳球，种荷秧，还吃螺蛳。家家悉煮五香螺蛳一锅，街上也有卖的。一人一碗，坐在门槛上一个一个掏出来吃。吃倒没有甚么，（自然也极鲜美）主要还是把螺蛳壳用螺蛳弓一个一个打出去。——这说起不易清楚，明年春天我给你做一个吧。戴车匠做螺蛳弓卖。我们看着他做，自己挑竹子，选麻线，交他一步一步做好，戴车匠自己在小几上蓝花大碗中拈一个螺蛳吃了，螺壳套在"箭"上，很用力的样子（其实毫不用力）拉开，射出去，半天，听得得地落在瓦沟里，（瓦匠扫屋每年都要扫下好些螺壳来）然后交给我们。——他自己儿子那一把弓特别大，有劲，射得远。戴车匠看着他儿子跟别人比射，细了眼睛，半晌，又没有甚么意义地摇摇头。

为甚么要摇摇头呢？也许他想到儿子一天天大起来了么？也许。我离开故乡日久，戴车匠如果还在，也颇老了。我不知因何而觉得他儿子不会再继续父亲这一行业。车匠的手艺从此也许竟成了绝学，因为世界上好像已经无须那许多东西，有别种东西替代了。我相信你们之中有很多人根本就无从知道车匠店到底是怎么回事，你们没有见过。或者戴车匠是最后的车匠了。那么他的儿子干甚么呢？也许可以到铁工厂当一名练习生吧。他是不是像他父亲呢，就不知道了。——很抱歉，我跟你说了这么些平淡而不免沉闷的琐屑事情，又无起伏波澜，又无镕裁结构，逶逶迤迤，没一个完。真是对不起得很。真没有法子，我们那里就是这样的，一个平淡沉闷，无结构起伏的城，沉默的城；城里充满像戴车匠这样的人；如果那也算是活动，也不过就是这样的活动。——唔，不尽然，当然，下回我们可以说一点别的。我想想看。

落　魄

　　他为甚么要到"内地"来？不大可解，也没有人问过他。自然，你现在要是问我为甚么大远地跑到昆明过那么几年，我也答不上来。从前很说过一番大道理，经过一个时间，知道半是虚妄，不过就是那么股子冲动，年纪轻，总希望向远处跑；而且也是事实，我要读书，学校都往里搬了；大势所趋顺着潮流一带，就把我带过了千山万水。总是偶然，我不强说我的行为是我的思想决定的。实在我那时也说不上有甚么思想。——我并没有说现在就有。这个人呢？似乎他的身边不会有甚么偶然，那个潮流不大可能波及到他。我很知道，我们那一带，就是像我这样的年纪也多还是安土重迁的。在家千日好，出外一时难，小时候我们听老人戒说行旅的艰险绝不少于"万恶的社会"的时候。他近四十边上的人了，又是"做店"的。做店人跑上五七个县份照例就是了不起的老江湖，关于各地茶馆、浴室、窑姐儿、镇水铜牛、大火烧了的庙，就够他们向人撩一辈子；这种人见过世面，已经有资格称为百事通，为人出意见，拿主意，凡事皆有他一份，社会地位极高，再也不必跑到左不过是那样的生疏地方去。他还当真走上好几千里干甚么？好马不吃窝边草，憋了甚么气，要到个亲旧耳目不及的地方来创一番事业，等将来衣锦荣归，好向家里妻子说一声"我总算对得起你们"么？看他不像是那种咬牙发狠的人，他走路说话全表示他是个慢性子，是女人们称之为"三棍子打不出个闷屁来"的角色。再说，又何必用这么远，千里之内尽可以做个跨海征东薛仁贵，楚国为官的秋胡了。也许是他受了危言耸听的宣传，觉得日本人一来，可怕到不可想象的程度，或者是他遭了甚么大不幸或难为情事情，本土存身不得，恰好有个亲戚，到内地来做事，须要个能写字算账的身边人，机缘凑巧，无路可走之中他勃然打定了主意来"玩玩"了？也只是"也许"。——反正，他就是来了。而且做了完全另外一种。

到我们认识他时，他开了个小吃食铺子，在我们学校附近。

初时，大家还带得三个月至半年的用度，而且不时还可接到汇款，生活标准比在家时低不太多，稍有借口，或谁过生日，或失物复得，或接到一封字迹娟秀的信，或没有理由，大家"通过"一下，即可有人做东请客。在某个限度内还可挑一挑地方。有人说，开了个扬州馆子，那就怎么样也得巧立名目的去吃他一顿。

学校附近还像从前学校附近一样，开了许多小馆子。开馆子的多是外乡人。湖南的、江西的、山东的、河北的，一种同在天涯之感把老板伙计跟学生接连起来，且他们本来直接间接的就与学校有相当关系，学生吃饭，老板伙计就坐在旁边谈天说地；而学生也喜欢到锅灶旁边站着，一边听新闻故事，一边欣赏炒菜艺术。——这位扬州人老板，一看即与别人不同，他穿了一身铁机纺绸褂裤在那儿炒菜！盘花纽子，纽绊里拖出一段银表链。雪白的细麻纱袜，一双浅口千层底直贡呢鞋。细细软软的头发向后梳得一丝不乱。左手无名指上还套了个韭叶指环。这一切在他周身那股子斯文劲儿上配合得恰到好处。除了他那点流利合拍的翻锅子动铲子的手法，他无处像个大师傅，像个吃这一行饭的。这比他的鸡丝雪里蕻，炒假螃蟹，过油肉更令我们发生兴趣。这个馆子不大，除了他自己，只用了个本地孩子招呼客座，摆筷子倒茶。可是收拾得干干净净，木架子上还搁了两盆花。就是足球队员，跳高选手来，看了墙上菜单上那一笔成亲王体的字，也不便太嚣张放肆了。

有时，过了热市，吃饭的只有几个人，菜都上了桌，他洗洗手，会捧了把细瓷茶壶出来，客气两句，"菜炒得不好，这里的酱油不行"，"黄芽菜教孩子切坏了，谁叫他切的！——红烧才能横切，炒，要切直丝的"。有时也谈谈时事，说点故乡消息，问问这里的名胜特产，声音低缓而有感情。我们已经喜欢去坐茶馆了，有时在茶馆也可以碰到他，独自看一张报纸或支颐眺望街上行人。他还给我们付了几回茶钱，请我们抽烟。他抽烟也是那么慢慢地，一口一口地吸，仿佛有无穷滋味。有时事完了，不喝茶，他去蹓跶，两手反背在后面，一种说不出悠徐闲散。出门少远，则穿了灰色熟罗长衫，还带了把湘妃竹折扇。想见从前他一定喜欢养养鸟，听听书，常上富春坐坐的。他自己说原在辕门桥一个大绸缎庄做事，看样子极像。然而怎么到这儿来开一个小饭馆的呢？这当中必有一段故事，他不往下说，我们也不好究问。

　　馆子菜甚么菜都是一个滋味，家家一样，只有他那儿虽然品色不多，却莫不精致有特色。或偶尔兴发，还可以跟他商量商量，请他表演几个地道扬州菜，狮子头、芙蓉鲫鱼、叉子烧鸭，他必不惜工本，做得跟家里请客一样，有几个菜据说在扬州本地都很少有人做得好。这位绸缎店"同事"大概平日在家极讲究吃食，学会了烹调，想不到自己竟改行做了饭师傅。这不免是降低了一级，我们去吃饭，总似乎有点歉意。也许他看得比较高一层，所以态度上从未使我们不安。他自己好像已不顶在乎了。生意好，有钱剩，也还高高兴兴的。果然半年下来，店门关了几天，贴出了条子：修理炉灶，休业数天。

新万年红朱笺招纸贴出来，一早上就川流不息地坐满了人。老板听从有人的建议，请了个南京师傅来做包子煮面，带卖早晚市了。我一去，学着扬州话，跟他道一声：

"恭喜恭喜。"

恭喜他扩充营业，同时我已经看到后面小天井里一个女人坐着拣菜，发髻上一朵双喜绒花。老板拱拱手：

"托福托福，闹着玩的。"

女人不知是谁给说的媒，好像是这条街上一个烟鬼的女儿，时常也看她蓬着头出来买香油腌菜蚊烟香，脸色黄巴巴的，样子平平常常。可是因为年纪还不顶大，拢光了头发，搽了雪花膏，还敷了点胭脂，就像是完全换了一个人，以前没的好处全露了出来。老板看样子很喜欢，不时回头，走过去低低说几句话，让她偏了头，为拈去一片草屑尘丝，他那个手势就比一首情诗还值得一看。老板自己自然也年轻了不少，或者不如说一般人都不免，而实际上一个才四十的人不应便有的老态全借了一个年轻的身体而冲失了。要到这样的年龄大概才真知道如何爱惜女人。

灶下，那个南京师傅集中精神在做包子。他仿佛想把他的热心变成包子的滋味，摘蒂子，刮馅心，那么捏几下，一收嘴子，全按板中节，如一个熟练的舞蹈家或魔术师的手脚。今天是第一天。他忙，没甚么工夫想甚么，就这个"第一天"一定在他脑子里闪了好多次。这三个字包含的感情很多，他自己一时也分辨不清，大体上都结成了一团希望，就像那个蒸笼冒出来的一阵一阵子的热气。听他拍打着包子皮，声音钝钝的，手掌一定很厚！他脑袋剃得光光的，后脑勺子挤成了三四叠，一用力，直扭动。他一身老蓝布衣裤，腰里一条洋面口袋改成的围裙。从上到下，无一处不像一个当行面食店师傅，跟扬州人老板相互映照，很有趣味。

　　然而不知甚么道理，那一顿早点没有留给我甚么印象。等的时候太长，而吃的时候太短。我自己也不好，不爱吃猪肝，为甚么叫了碗猪肝面加菠菜西红柿！面是"机器面"，没有办法，生意太好，擀面来不及。——是谁给他题了那么几个艺术字？三个月之后这几个字一定浸透了油气的，活该！

　　不久滇越铁路断了，各处"转进"的战事使好多人的故乡随"我的家在东北松花江上"的伤感老歌一齐失去。Cynical 的习气普遍地增高，而洗衣的钱付得少了，因为旧了破了，破旧了的衣服就去卖了。渺乎其远的希望造成许多浪子。有些人对书本有兴趣，抱残守拙，显得极其孤高。希望既远，他们可看到比希望还远的地方。因为形状褴褛，倒更刺激他们精神的高贵，以作为一种补偿。这是一种斗争，沉默而坚持，在日常的委屈悲愤的世俗感情的摆落中要引接山头地底水泉来灌溉一颗心的滋长，是困苦的。有些失了节，向现实投了降，做起生意起来了，由微渐著，虽无大手笔，但以玩票姿态转而下海，不失为一个"名家"局面。后一种人数目极少。正因为少，故在校中行动常一望而可指出。这才是一个开始，唯足以启发往后的不正常。本来战争的另一名词即不正常。这点不正常就直接影响绿杨饭店的营业。——现在。绿杨饭店已经为人耳熟，代替原来的"扬州人"。在它开张了，又扩充了时候，绿杨饭店是一个名词。一个名词仿佛可有可无的。而现在绿杨饭店成了一个实体，店的一切与它的招牌分不开了。

第一，扬州人已经不能代表一个店了；而且这个饭店已经非常的像一个饭店，有时简直还过了分！

那个南京人，第一天，我从他的后脑勺子上即看出这是属于那种会堆砌"成功"的人。他实事求是，稳扎稳打，抓紧机会，他知道钱是好的，活下来多不容易，举手投足都要代价。为了那个代价，所以他肯努力。他一早晨冲寒冒露赶到小南门去买肉，因为每斤便宜多少钱；为了搬运两袋面粉，他可以跟挑夫说许多好话或骂许多难听话；他一边下面，一边瞟着门前过去的几驮子柴；

他拣去一片发黄的菜叶子，拾起来又放到砧板上；他到别家铺子门前逛两转，看他们的包子蒸出来是甚么样儿，回来马上决定明天他自己的包子还可以掺点豆芽菜，而且放点豆腐干也是个可试的办法。……他的床是睡觉的，他的碗是吃饭的，他不幻想，不喜欢花，不上茶馆喝茶，而且老打狗，因为虽然他的肉在梁上他还是担心狗吃了。没有多少时候，绿杨饭店即充满了他的"作风"。不单是作风，也因为从作风的改变上，你知道这个店的主权也变了。过了一个时候，不问可知，已经是合股开的。南京人攒了钱，红利工钱，再加上一点积蓄，也许还拉了点债，入了股。我可以跟你打赌，他在才有人来提生意时即已想到这一步。

南京人明白他们这个店应当为甚么人而开，声气相求，果然同学之中那个少数很快即为吸取进来，作为经常主顾。他们人数不多，但塞满这个小饭店却有余。而且他们周围照例有许多近乎谢希大、应伯爵之人者流，有时还会等不着座儿。这时他们也并未"发迹"，不过手底下比较活动，他们的"社会"中，"同学"仍占一个重要位置，这里便成为他们"联络感情"所在，常在来吃一碗猪肝面的教授面前摆了一桌子菜哄饮大嚼起来，有的，在这里包了月饭，虽然吃一顿不吃一顿。——另一种同学，因为尚有衣物可卖，卖得钱，大都一天花光，豪爽脾气未改（这也是一种抗卫），也常三五个七八个一拥上街去吃喝一顿。有时他们在这里，有时到别处去。有时他们到别处去，有时还在这里。有些本来常在这里的不常在这里了。

绿杨饭店的生意好了一阵，好得足以使这一带所有的吃食铺子全都受了影响，而且也一齐对它非常关心。别以为他们都希望"绿杨"的生意坏，他们知道"绿杨"的生意要是坏，他们自己的也好不了。他们的命运既相妨，又相共。然而过了一个高潮，绿杨饭店眼看着豆芽菜豆腐干越掺得多，卖出去的包子就越少。"学校附近的包子"在壁报文章中成了一个新奇比喻，到后来而且这个比喻也毫不新奇了。绿杨饭店在将要为人忘记的那条路上走。——时间也下来两年了，好快！这时有钱活动的就活动得更远。有的还在这个城里，有的到了外县，甚至出了国，到仰光，到加尔各达，有的还选了几门课，有的干脆休了学，离开书本，离开学校，离开同学，也离开了绿杨饭店。大部分穷的，可卖衣物更少了，已经有人经验到饥饿时的心理活动。这也是一种活动，且正如那种活动到仰光、加尔各达的人一样，留下许多痕迹在脸上，造成他们的哲学。绿杨饭店犹如一面镜子，扬州人南京人也如一面镜子。镜子里是风干的猪肝，暗淡的菠菜，不熟的或疲烂的西红柿，太阳如一匹布，阳光中游尘扬舞。江西人的山东人的湖南河北人的新闻故事与好兴致全在猪肝菠菜西红柿前失了颜色。悄悄的，他们把这段日子撕下来，风流云散，不知所终。那个女人的脸又黄下来，头发又乱了，而且像是没有光亮过，没有红过白过。有一次街上开来了一队兵，马上就找到他们要徘徊逗留的地方，向绿杨饭店他们可没有多瞟几眼。多可惜，扬州人那个值得一看的动人手势！——这时候我才想起他家里有太太没有？有孩子没有？

绿杨饭店还是开着。

这当中我因病休了学，病好了住在乡下一个朋友主持的学校里，帮他们教几个钟点课，就很少进城来。绿杨饭店的情形可以说不知道。一年之中只去了一次。一位小姐病了，我们去看她。有人从黑土洼带了一大把玉簪花来，看着把花插好了，她笑了笑，说是"如果再有一盘椒盐白煮鱼，我这个病就生得很像样子了"。从前的生病也是从前的谈天题目之一。她说过她从前生了病都吃白煮鱼，于是去跟扬州人老板商量，看能不能给我们像从前一样的配几个菜。他们回答得很慢，但当那个交涉代表说"要是费事，不方便，那就算了"，却立刻决定了，问"甚么时候？"南京人呢，不表示态度。出来，我半天没有话。朋友问是怎么回事，没有甚么，我在想那个饭店。

那天真是怪，南京人一声不响，不动手，摸摸这，掇掇那。女人在灶下烧火。扬州人的头发白了几根。他似乎不复那么潇洒似乎颇像做这样的事情的一个人了。不仅是他的纺绸衣裤,好鞋袜,戒指,表链没有了;从他放作料,施油盐,用铲子抄起将好的菜来尝尝味,菜好了敲敲锅子,用抹布(好脏!)擦擦盘子,刷锅水往泔水缸里一倒,扶着锅台的架势,偶尔回头向我们看一看的眼睛,用火钳夹起一片木柴吸烟(扯歪了脸),小指搔搔发痒的眉毛,鼻子吸一吸吐出一口痰,……一切,全都变了。菜做完了,往我们桌边拉出一张凳子(接过腿的)上一坐,第一句即是:

"甚么都贵了,生意真不好做。"

这句话教南京人回过头来,向着我们这边。南京人是一点也没有走样!他那个扁扁的大鼻子教我想起我们前天应当跟他商量才对。我觉得出他们一定吵了一架。不一定是为我们的一顿饭而吵,希望不是因为我们而吵的。而且从扬州人脸上的皱纹阴影上看,开始吵架已经是颇久的事。照例大概是南京人嘀咕,扬州人不响。可能先是那个女人跟南京人为一点小事拌嘴,于是牵扯起一大堆,一直扯到这一次的不痛快跟前次的连接起来,追溯到很远,还有余不尽,种下下次相争的因子。事情很明显,南京人现在股本比扬州人只有多,绝不少,而扬州人两口子穿吃开销,他们之间没有甚么会计制度,就是那么一篇糊涂账。他们为甚么不拆伙呢?隔了年的糇子,粘不起来,那就算了。可是不,看样子他们且要糊下去。从扬州人的衰颓萎败上看起来,我疑心他是不是有时也抽口把鸦片烟。唔,要是当真,那可!——我曾问过坐在我对面的同学:

"你是不是有把握绝对不会抽鸦片,假如有人说抽,或者你死?"回答是:

"倒不是死。有许多东西比死更厉害。你要是信教,那就是魔鬼;或是不绝的'偶然'。"我看看南京人的粗粗短短的手指,(果然,好厚的手掌!)忽然很同情他,似乎他的后脑勺子没有堆得更高全是扬州人的责任。

到我复学时,一切全有点变动。或者不是变动,是层叠,深入,牢著,是不变。甚么都有一种随遇而安样子。图书馆指定参考书不够,可是要多少本才够呢?于是就够了。一间屋子住四十人太多,然而多少人住一屋或每人该有几间屋最合理?一个人每天需要多少时候的孤独?简直连问也没有人问。生物系的新生都得抄一个表,人正常消耗是多少卡路里,而他们没有想到他自己也是一个实验对象,倒对一个教授研究出苗人常吃的刺梨和"云南橄榄"所含维他命工作极有兴趣。土产最烈的酒是五十三度,最坏的烟(烧完了灰都是黑的)叫鹦鹉牌。学校附近的荒货摊上你常看见一男一女在那里讲价,所卖是女的一件件曾经极时髦的衣服,反正那件衣服漂亮到她现在绝对无法穿出来了。而路边种的那些树都已长得很高，在月光中布下黑影，如梦如水。整个一个学校，一年中难得有几个人哭，也绝不会有人自杀。……而绿杨饭店已经搬了家，在学校门边搭一个永远像明天就会拆去的草棚子卖包子，卖猪肝面。

　　一句话就说尽这个饭店了：毫无转机。没有人问它如何还能开下来，因为多少人怎么活下来就无从想象。当然，这时候完全是南京人在那儿撑持。但客观条件超出他所有经验。武松拿了打折了的半截哨棒，只好丢了，背着这爿半死不活的店，南京人也无计可施。然而他若是丢了这个坑人的绿杨饭店他只有死！他似乎有点自暴自弃起来，时常看他弄了一土碗市酒，闷闷地喝（他的络腮胡子乌猛猛的），忽然拳头一擂桌子，大骂起来，也不知道骂谁才是。若是扬州人跟他一样的壮，他也许会跳上去，冲他鼻子就是一拳。然而扬州人一股子窝囊样子，折垂了脖子，木然看着哄在一块骨头上的苍蝇。这样子更让南京人生气，一股子邪火从脚底心直升上来。扬州人身体简直越来越不行了，背佝偻得厉害。他的嘴角老挂着一点儿，嘴唇老开着一点。最多的动作是用左手捋着右臂衣袖，上下推移。又不是搔痒，不知道是干甚么！他的头发早就不梳好了，有时居然梳了梳，那就更糟，用水湿了梳的，毫无光泽，令人难过。有人来了，他机械地站起来，机械地走，用个黑透了的抹布，骗人似的抹抹桌子，抹完了往肩头上一搭：

"吃甚么？有包子，有面。有牛肉面，炸酱面，菠菜猪肝面。……"声音空洞而冷漠。客人的食欲就教他那个神气，那个声音压低了一半。你就看看那个荒凉污黑的架子，看到西红柿上的黑斑，你知道黑斑那一块煮也煮不烂的；看到一个大而无当的盘子里三两个鸡蛋，鸡蛋会散黄；你还会想起扬州人跟你解释过的，"鸡蛋散黄是蚊子叮的"，你想起孑孓在水里翻跟斗。吃甚么呢，你简直没有主意。你就随便说一个，牛肉面吧。扬州人搂着他的袖子：

"嗷，——牛肉面一碗——"

"牛肉早就没有了，要说多少次！"

"嗷，——牛肉没有了——"

"那么随便吧。猪肝面吧。"

"嗷，——猪肝面一碗——"

而那个女人呢，分明已经属于南京人了。仿佛这也没有甚么奇怪。连他们晚上还同时睡在那个棚子底下也都并不奇怪。这当中应当又有一段故事的，但你也顶好别去打听，压根儿你就无法懂得他们是怎么回事，除非你能是他们本人。

我已经知道，他们原来是表兄弟，而且南京人是扬州人的小舅子，这！过了好多好多时候，"炮仗响了"。云南老百姓管胜利，战争结束叫"炮仗响"。他们不说胜利，不说战争结束，而说是"炮仗响"。炮仗响那天我一点都没有想到扬州人。一直到我要离开昆明前一天，出去买东西，偶然到一个铺子里吃东西，坐下，一抬头，哎，那不是扬州人吗。再往里看，果然南京人也在那儿，做包子，一身蓝衣裤，面粉口袋围裙，工作得非常紧张，脑勺子直扭动，手掌敲着包子皮钝钝地响。他摘蒂子，刮馅心，那么捏几下，一放嘴子，全按板中节，仿佛想把他的热心也变成包子的滋味。他从上到下无一处不像个当行的面食店师傅。这个扬州人，你为甚么要到内地来？你是四十多岁的人了，你从前是做绸缎庄的，你要想回去向妻子儿女说一声"我总算对得起你们"？……然而仿佛他们全不成问题，成问题的倒是我！我教许多事情搅迷糊了。明天我要走了。车票在我口袋里，我不知道摸了多少次。我有个很不好的脾气，喜欢把口袋里随便甚么纸捏在手里搓，搓搓就扔掉了。我丢过修表的单子，洗衣服收据，照相凭条，防疫证书，人家写给我的通信地址。每丢了一张纸，我就丢了好多东西。我真怕我把车票也丢了。我有点神经衰弱。我有点难过，想吐，这会儿饿过了火，我实在甚么也不想吃。

可是我得说话，我这么失魂落魄的坐在这儿要惹人奇

怪的。人注意我,他一面咀嚼凉鸡,一面咀嚼我,他在毫无拘束的从我身上构拟起故事来了,我觉得。我振作了一下:

"猪肝面加菠菜西红柿!"

扬州人放好筷子,坐在一张空着的桌子旁边的凳上。他牙齿掉了不少,两颊好像老在吸气。而脸上又有点浮肿,一种暗淡的痴黄色。肩上一条抹布湿漉漉的。一件黑滋滋的汗衫,(还是麻纱的!)一条半长不短的裤子,像十二三岁的孩子穿的。衣裤上全有许多跳蚤血黑点。看他那个滑稽相的裤子,你想到他的肚皮一定一叠一叠地打了好多道褶子!最后我的眼睛就毫不客气地死盯住他的那双脚。一双自己削成的大木屐,简直是长方形的。好脏的脚,仿佛污泥已经透入多裂纹的皮肤。十个趾甲都是灰趾甲,左脚的大拇指极其不通地压在中趾底下,难看无比。对这个扬州人,我没有第二个感情,厌恶!我恨他,虽然没有理由。

囚　犯

　　我们在河堤上站了一下，让跟我们一齐出城的犯人先过浮桥。是因为某种忌讳，不愿跟他们一伙走，还是对他们有一种尊重，（对于不幸的人，受苦难的人，或比较接近死亡的人的尊重？）觉得该让他们走在前头呢？两者都有一点吧。这说不清，并无明白的意识，只是父亲跟我都自然而然地停下来了。没有说一句话，觉得要停一停。既停之后，我们才相互看了一眼。父亲和我离隔近十年，重相接处，几乎随时要忖度对方举止的意义。但是含混而不刻露，因为契切，不求甚解。体贴之中有时不免杂一丝轻微嘲讽的，——一点生涩，一点轻微的窘困，这个离别的十年，这个战争加在我们身上的影响还是不小啊！家庭制度有一天终会崩坏的。但像刚才那么偶然一相视却是骨肉之情的微波，风中之风，水中之水。这瞬间一小过程使我们彼此有不孤零之感，仿佛我们全可从一个距离外看到这里，父亲和儿子，差肩而立，情景如画。我的一时都为这幅画所感动，得到生活的信心和勇气。——
看来自自然然，好像甚么都不为的站一站，好像要看一看
对河长途汽车开来了没有，好像我要把提着的箱子放下
来息一息力，我于此发现自己性格与父亲相似之处，纤
细而含蓄。我更敏感，他更稳重。

我们差肩而立，看犯人过浮桥。

犯人三个，由两个兵押着。他们本来都是兵，现在一
是兵，一是犯人了。一个兵荷老七九步枪，一个则腰里一
根三号左轮，模样是个副班长。——凡曾度营伍生活者
皆一眼可以看出副班长与班长举动精神之间有多大差异。
班长是官，副班长则常顾此失彼的要维持他的官与兵之间
的两难地位，有治人的责任感，有治于人的委曲，欲仰承，
欲俯就，在矛盾挣扎之中他总站不稳，每个动作底下都带
着一大堆苦衷，而显得窝囊可笑。犯人皆交叉着绑着肩胛，
背后各有长绳一根牵出，捏在后面荷枪的兵的手里。犯人
也都穿着灰布军服，不过破旧污脏得多。但兵与犯人的分
别还在于一个有小皮带，一个没有皮带约束而更无可假
借地显出衣服的不合身。——不合身的衣服比破烂衣服
更可悲悯。我忽然想起一个朋友怎么样也不肯换医院的
"制服"。人格一半是衣服造成的，随便给你一件衣服就
忽视了你是怎么一个人了。人要人尊重。两个犯人有帽子，
但全戴得不是地方。一个还好。帽舌子歪在一边，虽然

这个滑稽样子与他全身大不相称，但总算包住了他的头。另一个则没有戴实在，风一吹，或一根树枝挂一下即会落去的，看着很不舒服，令人有焦躁着急感，极想给他往下拉一拉。还有一个，则是科头，头发长得极蓊郁，（小时懒于理发，常被骂为"像个囚犯"。）很黑很黑，跟他的络腮胡子连为一片。倒是他还有点生气。他比较矮，但看起来还壮，虽经过折磨，还不是一下子即打得倒的人。（他们看样子不是新犯，已在大牢里关了不少日子，移案到甚么地方，提出来的。）他脚步较重，一步一步还照着自己意志走，似乎浮桥因为他的脚步而有看得出的起伏。他眼睛张得大大的，坦率而稚气的，农民的眼睛，不很瞀乱惊惶，健康正常的眼睛，从粗粗的眉毛下看出去。他似乎不大忧伤，不大想他做过的事和明天的运命。他简直不大想着他是个犯人。他甚么都不大想。一个简单淳朴的人。他现在若是想，想的是：我过浮桥。也许他还晓得到了对岸，坐一段汽车，过江，解到一个甚么地方去，其余他就不知道了，也不大想知道。这段路好像他曾经走过几次，很熟，也许就是生长于这一带的，所以他很有自信地走着。要是除去绳索和罪名，他像个带路人，很好的带路人。他平日一定有走在第一个的习惯。现在他们让他走在第一个也非偶然。但形式上他得服从身边那个副班长的指挥，正如平日在部队受指挥一样。副班长与他之间并无敌意，好像都是按照规矩来，你押人，我被押，大家做着一件人家派下来的事情，无从拒绝，全非得已。他们要共走一段路，共同忍受颠簸，耽误，种种不快，（到任何地方去总望能早点到达）也许还有点同伴之谊。——他们常默默，话沉得很深，但一路上来，总有时候要谈两句甚么的吧。副班长没有一般下级军官的金牙，也没有那种可笑的狂傲。看样子他是个厚道人，他不时回头看看后面的犯人和那个荷枪的兵的眼色是可感的，好像问：走得动吗？哦，这两个犯人可不成了！他们面色灰败，一个惨白，一个蜡渣黄，折倒他们的细脖子，（领圈显得特别宽大）已经撑不起他们的头。衰弱，虚乏，半透明，像是已经死过一次。他们机械地迁动脚步，踏不稳，不能调节快慢，每一脚都不知踏在甚么地方。恐怕用怎么节奏明显的音乐也无法让他们走得合拍，他们已经不能受感染。他们已经忘了走路的方法。他们脑子里布满破碎的，阴暗的意象，这些意象永不会结构成一串完整思想，就一直搅动，摧残，腐蚀他们淡薄的生命。他们现在并不在恐怖中，但恐怖已经把他们腌透，而留下杂乱的痕迹。脸上永远是那个样子，嘴角挂下来，像总要呕吐，眼睛茫茫瞌瞌，缩缩怯怯。一切全惨淡，没有一个形体能在他们眼睛里留一鲜明印象。除了皮肉上的痛痒之外，似乎他们已经没有感觉；而且即是痛痒也模糊昏暗了。帽子歪戴的那一个，衣服上有一大片血渍，暗赤，如铁锈，已经不少日子。荷枪的兵也瘦槁槁的。虽然他打着绑腿，但凄哀的神情使他跟那两个戴帽子犯人成了一组。他不时把枪往上提一提，显然不大背得动，枪托子常常要敲着他的腿。他甚至要羡慕那三个犯人了，因为他们没有这杆衰老的枪，没有责任，不需要警觉。他生来不惯怎样押解犯人，他倒比较怎样被人押解，被人牵着走。因为那个络腮胡子犯人比较吸引我，所以对后面三个人没有能细看。

岸上人多注目于这个悲惨的队列。

他们已经过了河。

我忽然记记今天是甚么日子。

初春，但到处仍极荒凉，泥土暗。河水为天空染得如同铅汁，泛着冷冷的光。东北风一起，也许就要飘雪。汽车路在黑色的平野上。有两三只乌鸦飞。

城在我们后面，细碎的市声起落绸缪。好几批人从我们身边走下河堤。

父亲跟我看了一眼，不说话，我们过浮桥。

大家抢着上汽车。车站码头上顶容易教人悲观，大家尽量争夺一点方便舒服。但这样的场面见得也多了，已经不大有感触。等都上去了，父亲上去，然后是我。看父亲得到一个比较安稳站处，我看看有甚么地方可以拉一拉我的手。而在我后面上来了那几个犯人。他们简直弄不清楚人家怎么把他们弄上来的。车门关上，车上人窜窜动动，我被挤到一个人缝里，勉强把一只脚放平，那一只则怎么摆都不是地方，我只有伸手捞着上面的杠子，把全身重量用一只胳臂吊起来。我想把腰伸伸直，可是实在不可能。好吧，无所谓，半个多钟头就到江边。我试一回头，勉强可以看到父亲半面，他的颧骨跟一只肩膀。父亲点点头：我很好，管你自己吧。我想，在人群中你无法跟要在一起的人在一起，一冲一撞，拉得多牢的手也只有撒开。我就我的头可以转动的方向一巡视，那个矮壮犯人不知在甚么地方。副班长好像没有上来，大概跟司机坐在一处去了，这点门槛他懂。那个荷枪的兵笔直地贴在车门犄角，一个乡下人的笠子刚刚顶在他的脸前面，不时要擦着他的鼻子，而逼得他一脸尴尬相。两个有帽子犯人，我知道，都在我身边。他们那里也不自在，既然已经关上了车，总就得有块地方，毫无主意的他们就被挤到这儿来了。甚么地方对他们全一样，他们没有求舒服的心，他们现在根本不知道在甚么地方。我面前是两个女客，她们是甚么模样我才不在乎，有一个好像是个老太太，我尝试怎么样可以把肋骨放平正一点，而车子剧烈的摇晃了一下，一个身体往我背上一靠，他的手拉了一下我的衣服。是我身后那个犯人。甚么样的一只手！一只罪恶的手，死的手，又生满了疥疮的手，我皮肤一紧，这感觉是不快的。我本能的有一点避让之意。似乎我的不快，我的厌恶，我的拒绝立刻传过给他，拉了一下，他就放开了。他站不稳，我知道。他的胳臂无法伸直，伸直了也够不到杠子，而且这样英勇的生的争取的姿势根本就是他不会有的。他攀扶不到甚么东西，习于被拨弄了。我正想我是不是不该避让，一面又向右顾那另一个犯人的手无意识地晃动了两下，第二下更大地晃动又来了，我蓦然有了个决定，像赌徒下出一注，把我的身体迎给他！他懂得，接受了我的意思，一把抓住了。这不难，在生活的不断的抉择之中，这样的事情是比较易于成就的，因为没有时间让你掂斤播两地思索。我并没有太用力激励自己。请恕我，当时我对自己是有一点满意的。我如此做并非因为全车人都嫌弃他们，在这么紧密的地方还远之唯恐不及，而我愤怒，我要反抗。我是个不大会愤怒的人，我也能知道人没有理由把不愉快事情往身上拉，现在是甚么时代！我知道他身后必尚有一点空隙，我跟他说："你蹲下来。"蹲下来他可以舒服些。我叫右边那一个也蹲下来。这只是半点钟的事，但如果可能，我想不太伤劳我的那一只胳臂，他们一蹲下来，好像松动了一点，我可以挪一挪脚步了。可是当我偏了偏腰时，一只手上来拉住了我的袖子。我这才看了看我面前那个女客，二十大几，也许三十出头，一个粉白大团脸。她皱着眉头用两个指头拉我，我看了看那两个指头，不大方的指头，肉很多，秃秃的，一个鸡心形赤金戒指。好像这两个指头要我生了一点气，我想不理她，我凭甚么要给你遮隔住这两个囚犯，一下了车你把早上吃的稀饭吐出来也不干我的事。然而我略扁了扁嘴，不大甘愿地决定了，就这么斜吊着身子吧，好在就是半个钟头的事。这才真是牺牲！我看了看那个老太太，真可怜，她偎在座位里，耗子似的眼睛看我的脸。那个梳着在她以为很时式的头发的女人（她一定用双妹老牌生发油！）这才算放了心，努力看着窗外。

这个倒霉女人叫我嘲笑自己起来。这半点钟你好伟大，又帮助犯人，又保护妇女，你成了英难！你不怕虱子，不怕疥疮，而且不怕那张俗气的粉脸，小市民的，涂了廉价雪花膏的胖脸！（老实说对着这样的脸比两个犯人靠在身上更不好受，更不幸。）——借了这半点钟你成了托尔斯泰之徒，觉得自己有资格活下去，但你这不是偷巧么？要是半点钟延长为一辈子，且瞧你怎么样吧。而且这很重要的，这两个犯人在你后面；面对面还能是一样么？好小子，你能够脱得光光的在他们之间睡下来么？……

我相信这个车里有一个魔鬼。不过幸好我得用力挂住自己，我的胳臂的酸麻给解了一点围，我不陷在这些挑拨性的思索之中。我希望时间快点过去。

好了，果然快，车停了。我一心下去取那只箱子，我们得赶上这一班过江轮渡。

一切都已过去，女人，犯人，我的胳臂的酸麻，那些无用的嘲讽，全过去了！外面的空气多新鲜！我跟父亲又在一起了。

在船上，父亲要了个小房舱。是的，我们要舒舒服服坐一坐，还可以在铺上歪一歪。父亲递给我烟，划了火，那一壶茶已经泡开了，他洗了洗杯子，给我倒了一杯。我看着他用他的从容雍雅的风度做这一切，但不想起来叫他让我来。我的背上不快之感又爬上来，虽不厚重，可有黏性，有似涂了一层油。喝了一口茶，忽然我心里涌起了一股真情。我想刚才在车上，父亲一定不时看一看我。我非常喜慰于我有一个父亲，一个这样的父亲。我觉得有了攀泊，有了依靠。我在冥冥蠢蠢之中所做事情似乎全可向一个人交一笔账，他则看也不看，即收下搁起了。他不迫胁我，不挑剔我，不讥刺我，不用锋利的或钝缺的是非锯解我。他不希望，指导我做甚么，但在他饱阅世故的眼睛，温和得几乎是淡淡的眼睛（我得坦白说，有时我为这种类似的淡漠所激恼），远远地关注下，我成了一个人。我不过分糊涂，尤其重要的是也不太清楚，而且只能虽然有点伤心地捐弃了我的夸张，使我的行为不是文字，使我平凡。——虽然，我还不知道到底该怎么活下去。

今天晚上，我就要离开我的父亲，到一个大城市中去。

那几个犯人现在不知在那里了，也许也在这只船上吧。我管不着了。那个科头犯人的样子我记在心里。大概因为他有一种美，一种吸力。我想他会在一个甚么地方忽然逃跑了。他跑不了，那个副班长会拔出左轮枪不假思索地向他放射。犯人会死于枪下。我仿佛已经看到那幅图像。这是注定的，没有办法的悲剧。我心里乱起来。想起一个举世都说他对于人，对于人生没有兴趣，到末了躲到禅悟中去的诗人的话：

　　　世间还有笔啊，我把你藏起来吧。

鸡鸭名家

　　刚才那两个老人是谁？

　　父亲在洗括鸭掌，每个蹠蹼都撑开细细看过，是不是还有一丝泥垢，一片没有括尽的皮，样子就像是做着一件精巧的手工似的。两副鸭掌，白白净净，一只一只，妥妥停停的一排。四个鸭翅，也白白净净，一只一只，妥妥停停一排。看起来简直绝对想不到那是从一只鸭子身上取下来的，仿佛天生成这么一种好吃东西，就这样生的就可以吃了，入口且一定爽糯鲜甜无比，漂亮极了，可爱极了。我忍不住伸手用指头去捏捏弄弄，觉得非常舒服。鸭翅尤其是血色和匀，丰满而肉感。就是那个教我拿着简直无法下手的鸭肫，父亲也把它处理得极美。他握在手里，掂了一掂"真不小，足有六两重！"用他那把角柄小刀从栗紫色当中闪着钢蓝色的那儿一个微微凹处轻轻一划，一翻，蓝黄色鱼子状的东西绽出来了。"你说脏，脏什么！一点都不！"是不脏，他弄得教我觉得不脏，我甚至没有觉得臭味。洗涮了几次，往鸭掌鸭翅之间一放，样子名贵极了，一个甚么珍奇的果品似的。我看他做这一切，用他的洁白的，熨帖的，然而男性的，有精力，果断，可靠的手做这一切，看得很感动。王羲之论钟张书，"张精熟过人"，又曰："须得书意转深，点画之间皆有意，自有言所不得尽其妙者，事事皆然。""精熟"，"有意"，说得真好。我追随他的每一动作，以心，以目，正如小时看他作画。父亲一路来直称赞鸡鸭店那个伙计，说他拗折鸭掌鸭翅，准确极了，轻轻一来，毫不费事，毫不牵皮带肉，再三赞叹他得着了"诀窍"，所好者技，进乎道矣，相信父亲如果落到鸡鸭店做伙计，也一定能做到如此地步的！

　　这个地方鸡鸭多，鸡鸭店多，教门馆子多，一定有不少回回。回回多，当有来历，是一颇有兴趣问题，我们家乡信回教的极少，数得出来的，鸡鸭店则全城似只一家。小小一间铺面，干净而寂寞，经过时总为一种深刻印象所袭，一种说不出来的东西与别人家截然不同。铺子在我舅舅家附近，出一个深巷高坡，上了大街，拐角上第一家便是。主人相貌奇古，一个非常的大鼻子，真大！鼻子上一个洞，一个洞，通红通红，十分鲜艳，一个酒糟鼻子。我从那一个鼻子上认得了甚么叫酒糟鼻子。没有人告诉过我，我无师自通，一看见那个鼻子就知道了："酒糟鼻子！"日后我在别处看见了类似而远比不上的鼻子，我就想到那个店主人。刚才在鸡鸭店我又想到那个鼻子！从来没有去买过鸡鸭，不知那个鼻子有没有那样的手段？现在那个人，那爿店，那条斜阳古柳的巷子不知如何了。……

一串螃蟹在门后叽哩咕噜吐着泡沫。

打气炉子呼呼地响。这个机械文明在这个小院落里也发出一种古代的声音，仿佛是《天工开物》甚至《考工记》上的玩意儿了。

一声鸡啼。一个金彩烂丽的大公鸡，一只很好看的鸡，在小天井里徘徊顾盼，高傲冷清，架上两盆菊花，一盆晓色，一盆懒梳妆。——大概多数人一定欣赏懒梳妆名目，但那不免过于雕琢着意，太贴附事实，远不比晓色之得其神理，不落形象，妙手偶得，可遇不可求。看过又画过这种花的就可以晓得，再没有比这更难捉摸的颜色了，差一点就完全不是那回事！天晓的颜色是甚么样子呢，可是一看到这种花瑷瑷矮矮，清新醒活的劲儿，你就觉得一点不错，这正是"晓色"！心中所有，笔下所无的两个字。

我们刚回来一会儿，买了鸭翅，鸭掌，鸭舌，鸭肫，八只蟹，青菜两棵，葱一小把，姜一块回来，我来看父亲，父亲整天请我吃，来了几天，吃了几天。昨天晚上隔了一层板壁，他睡在外面房间，我睡在里头，躺在床上商议明天不出去吃了，在家里自己做。不要多，菜只要两个，一个蟹，蒸一蒸，不费事，——喝酒；一个舌掌汤，放两个菜头烩一烩——吃饭。我父亲实在很会过日子，一个人在外头，一高兴就自己做饭，很会自得其乐！——那几只蟹买得好，在路上已经有两个人问过，好大蟹，甚么地方买的，多少钱一斤，很赞许的样子，一个老先生，一个女人，全都自然极了，亲切极了，可是我们一点也不认识，真有意思！大都市里恐怕很少这种情形了。

那两个老人是谁呢，父亲跟他们招呼的，在沙滩上？——

街上回来，行过沙滩。沙滩上有人分鸭子。三个，——后来又来了一个，四个，四个汉子站在一个大鸭圈里，在熙熙攘攘的鸭子里，一个一个，提起鸭脖子，看一看，分别丢在四边几个较小鸭圈里。看的甚么？——四个人都是短棉袄。有纽子扣得好好的，有的只披上，下面皆系青布鱼裙，这一带江边湖边，荡口桥头，依水而往，靠水吃水的人，卖鱼的，贩菱藕的，收鸡头芡实，经营芦柴菱草生意的，类多有这么一条青布裙子。昨天在渡口市摊上看见有这种裙子在那儿卖，我说我想买一条，父亲笑笑。我要当真去买，人家准不卖，以为我是开玩笑的。真想看一个人走来讨价还价，说好说歹，这一定是很值得一看的。然而过去又过来，那两条裙子竟是原样放着，似乎没有人抖开前前后后看过！这种裙子穿在身上，有甚么好处，甚么方便，有甚么感情洋溢出来呢？这与其说是一种特别装束，不如说是一种特别装束的遗制，其由来盖当相当古远，似乎为了一点纪念的深心，他们才那么爱好这条裙子，和头上那种瓦块毡帽。这么一打扮，就"像"了，所有的身份就都出来了。"我与我周旋久，宁作我。"生养于水的，必将在水边死亡，他们从不梦想离开水，到另一处去过另一种日子，他们简直自成一个族类，有他们不改的风教遗规。——看的是鸭头，分别公鸭母鸭？母鸭下蛋，可能价钱卖得贵些？不对！鸭子上了市，多是卖给人吃，养老了下蛋的十只里没有一只。要单别公母，弄两个大圈就行了，把公的赶到一边，剩下不就全是母的了，无须这么麻烦。是公是母，一眼还不就看出来，得要那么捉起来放到眼前认一认么？就几个小圈里分明灰头绿头都有。——沙滩上悠悠窅窅，安静极了，然而万籁有声，江流浩浩，飘忽着一种广大深微的呼吁，一种半消沉半积极的神秘意向，极其悄怆感人。东北风。交过小雪了，真的入了冬了，可是江南地暖，虽已至"相逢不出手"时候，身体各处却还觉得舒舒服服，饶有清兴，不很肃杀。天有微阴，空气里潮润润的。新麦，旧柳，抽了卷须的豌豆苗，散过了絮的蒲公英，全都欣然接受这点水气，很久没有下雨。鸭子似乎也很满意这样的天气，显得比平常安静得多。脖子被提起来，并不表示抗议。——
也由于那几个鸭贩子提得是地方，一提起，就势儿就摔
了过去，不致令它们痛苦，甚至那一摔还会教它们得到
筋肉伸张的快感，所以往来走动，煦煦然很自在的样子，
一摔也看不出悲惨。人多以为鸭子是很会唠叨的动物，其
实鸭子也有默处的时候，不过这么一大群鸭子而能如此雍
雍雅雅，我还从未见过！它们今天早上大都得到一顿饱
餐了罢。——甚么地方来了一阵煮大麦芽的气味，香得很，
一定有人用长柄大铲子慢慢地搅和着，就要出糖了。——
是称称斤量，分开新鸭老鸭？也不对。这些鸭子全都差
不多大，没有问题，全是今年养的，生日不是四月就是五
月初头，上下差也差不了几天。骡马看牙口，鸭子不是
骡马。要看，也得叫鸭子张嘴，而鸭子嘴全闭得扁扁的！
黄嘴也扁扁的，绿嘴也扁扁的。掰开来看全都是一圈细锯
齿，它的板牙在肚子里，嗉囊里那堆石粒子！嘴上看甚
么呢？——我已经断定他们看的是鸭嘴。看甚么呢？哦，
鸭嘴上有点东西！有一个一个印子，刻出来的。有的是
一道，有的两道，有的一个十字叉叉，那个脸红通通的
小伙子，（他棉袄是新的，鞋袜干干净净，他不喝酒，不
赌钱，他是个好"儿子"，他有个很疼爱他的母亲。我并
不嫉妒你！）尽挑那种嘴上两道的。这是记认。这一群
鸭子不是一家养的，主人相熟，一伙运过江来，搅乱了，

现在再分开各自出卖。对了，不会错的，这个记认做得实在有道理。

江边风大，立久了究竟有点冷，走吧。

刚才运那一车子鸡的夫妻俩不知到了那里。一板车的鸡，一笼一笼堆得高高的。这些鸡算不算他们自己的？算他们的，该不坏了，很值几文呢。看样子似不大像，他们穿得可不大齐整。这是做活，不是上庙烧香，不是回娘家过年，用不着打扮，也许。这副板车未免太笨重了一点，车本身比那些鸡一定重得多。——虽然空车子拉起来一定又觉得很轻松的。我起初真有点不平，这男人岂有此理，让女人在前头拉，自己提了两个看起来没有多大分量的蒲包在后头自自在在地踱方步，你就在后头推一把也不妨呀！父亲不说甚么，很关心地看他们过去。一直到了快拐弯的地方，我们一相视，心里有同样感动了。这一带地怎么那么不平，那么多的坑！车子拉动了之后，并不怎么费力的，陷在坑里要推上来才不容易。一下子歪倒了，赶紧上去救住，不但要气力，而且要机警灵活，压着撞着都不轻。这下子，够受的！他抵住了，然而一个轮子还是上不来。我们走过来，两个老人也跑了过来。我上去推了一把，毫无用处，还是老人之一捡了一块砖煞住一个老往后滑的轮子，那个男子（我现在觉得他很伟大，很敬佩他），发一声喊，车子来了！不该走这条路的，该稍为绕绕，旁边不还稍为平点么。她是没有看到？是想一冲冲过去的？他要发脾气了，埋怨了！然而他没有，不但脸上没有，心里也没有。接过女人为他拾回来的落掉的瓦块帽子，掸一掸草屑，戴上，"难为了。"又走了，车子吱吱咽咽拉了过去。我这才听见，怎么刚才车轴似乎没有声音呢？加点油是否好些？他那两个蒲包里是甚么东西？鸡食？路上"歪掉"的鸡？两包盐？

　　我想起《打花鼓》，

　　　恩爱的夫妻
　　　槌不离锣

　　这两句老在我心里唱，我一边走，它一边唱，连底下那个"啊呃哎"。这个"啊呃哎"一声一声的弄得我心里很凄楚起来。小时杂在商贾负贩人中听过庙戏多回，不知怎么记得这么两句《一枝花》。后来翻查过戏谱，曾记诵过《打花鼓》全出，可是一有甚么感触时仍是这两句，没头没脑的尽是哼哼。

　　这个记认做得实在很有道理。遍观鸭子全身，还有甚么其他地方可以做记认呢？不像鸡，鸡长大了毛色各各不同，养鸡人全都记得，在他们眼中世界上没有两只同样的鸡，(《王婆骂鸡》曲本中列鸡色目甚繁夥帖当，可惜背不全了！）偷去杀了吃掉，剩下一堆毛，他认也认得清，小鸡子则都给染了颜色，在肩翅之间，或红或绿。有老母鸡领着，也不大容易走失。染了颜色不大好看，我小时颇不赞成，但人家养鸡可不是为的给我看的！鸭子麻烦，身上不能染红绿颜色，它要下水，整天浸在水里颜色要褪。到一放大毛，普天之下的鸭子就只有两种样子了，公鸭，母鸭。所有的公鸭都一样，所有的母鸭也全一样。鸭子养在河里，你家养，他家养，在河里会面打伙时极多，虽然赶鸭子对自己的鸭有法调度，可是有时不免要混杂。可以做记认，一看就看出来的只有那张嘴。（沈石田画鸭，总是把鸭嘴画得比实际的要宽长些，看过他三幅有鸭子或专画鸭子的画，莫不如是。）上帝造鸭，没有想到鸭嘴有这么个用处罢。小鸭子，嘴嫩嫩的，刻起来大概很容易，用把小洋刀，钳子，钉头，或者随便甚么，甚至荆棘的刺，但没有问题，养鸭人家一定专有一个甚么东西，轻轻那么一划就成了。鸭嘴是角质，就像指甲似的没有神经，刻起来不痛。刻过的，没有刻过的，只要一张嘴，一样的吃碎米，浮萍，蛆虫，虾蚤，猫杀子罗汉狗子小鱼，鸭子们大概毫不在乎，不会有一只鸭子发现了，呱呱大叫出来，"咦，老哥，你嘴上怎么回事，雕了花？"想出这个主意的必然是个伶俐聪敏人。这四个汉子中那一个会发明出来，如果从前从未有过这么一个办法？那个红脸小伙子眼睛生得很美，很撩人的，他可以去演电影。——
不，还是鱼裙瓦块帽做鸭子生意！

　　然而那两个老人是谁呢？

　　父亲揭起煨罐盖子看看，闻了闻气味，"差不多了。"
把一束葱放下去，掇到另一小火的炉上焖起来，打汽炉
子空出来蒸蟹。碗筷摆出来，两个杯子里酌满了酒，就
要吃饭了。酒真好，我十年来没有喝过这样好酒。父亲
说我来了这几天，他比平常喝得要多些，我很喜欢。——

　　"那两个年纪大的是谁？"

　　"怎么，——你不记得了？"

　　我还以为我的话问得突兀，我们今天看见过好几个老
人，虽然同时看见，在一处的，只有那两个；虽然父亲
跟他们招呼过，未必像我一样对他们有兴趣，一直存在心
里罢。他这一反问教我很高兴，分明这是很值得记得的
两个人，我的眼睛没有错，他们确是有吸引人的地方的！
我以为父亲跟他们招呼时有种特殊的敬爱，也没有错，我
一问，他即知道问的是谁。不问，大概父亲也会谈起的。

　　"一个是余老五。"

　　余老五！这我立刻就知道了，是高大，广额方颡，一
腮帮子白胡子根的那个。刚才我就觉得似曾相识，那里
看见过的，想来想去，找不到那个名字，我还以为又是把
在另一处看过的一个老人的影子错借来了。他是余老五，

真不该忘记。近二十年了，我从前想过他若是老了该是甚么样子，正是这个样子！难怪那么面熟。他不该上这里来，若在家乡街上，我能不认得？——那个瘦瘦小小，目光精利，一小撮山羊胡子，头老微微扬起，眼角微有嘲讽痕迹，行动不像是六十几的人，是——

"陆长庚。"

"陆长庚？"

"陆鸭。"

陆鸭！不过我只能说是知道他。那时候我还小。——不像余老五那是天天见得到的老街坊。

说是老街坊，余大房离我们家很有一截子路，地名大溏，已经是附郭最外一圈，是这条街的尾闾了。余大房是一个炕房，余老五在余大房炕房当师傅。他虽姓余，炕房可不是他开的，虽然他是这个炕房里顶重要的一个人。老板或者是他一宗，恐怕相当远，不大清楚了。大溏是一片大水，由此可至东北各乡及下河县城水道，而水边有人家处亦称大溏。这是个很动人的地方，风景人物皆极有佳胜处，产生故事极多。在这里出入的，多是那种戴瓦块毡帽系鱼裙朋友。用一个小船在河心里顺流而下，可以看到垂杨柳，脆皮榆，茅棚瓦屋之间，高爽地段，常有一座比较齐整的房子，两边墙上粉得雪白，几个黑漆大字，鲜明醒目，一望可见，夏天外头多用芦席搭一个凉棚，绿缸中渍着凉茶，冬天照例有卖花生薄脆的孩子在门口踢毽子，树顶常飘有做会的纸幡或红绿灯笼的，那是"行"。一种是鲜货行，代客投牙买卖鱼虾水货，荸荠慈菇，芋芍山药，鸡头薏米，种种杂物。一种是鸡鸭蛋行。鸡鸭蛋行旁边常常是一爿炕房。炕房无字号，多称姓某几房，似颇有古意，而余大房声誉最著，一直是最大的一家。

余五整天没有甚么事情，老看他在街上逛来逛去，而且到那里提了他那把紫砂茶壶，坐下来就聊，一聊一半天。而且好喝酒，一天两顿，一顿四两。而且好管闲事，跟他毫无关系的事，他也要挤上来说话。而且声音奇大，这条街上一爿茶馆里随时听见他的声音。有时炕房里差个小孩子来找他有事，问人看见没有。答话人常是"看没有看见，听倒听见的。再走过三家门面，你把耳朵竖起来，找不到，再回来问我"。他一年闲到头，吃，喝，穿，用，全不缺。余大房养他。只有春夏之间，不大看见他影子了。

不知多少年没有吃那种"巧蛋"了。巧蛋是孵小鸡没有孵出来的蛋。不知甚么道理，常常有些小鸡长不全，多半是长了一个小头，下面还是个蛋，不过颜色已变，黄黄的，上面略有几根毛丝；有的甚至连翅膀也全了。只是出不了壳。出不了壳，是鸡生得笨，所以这种蛋也称为"拙蛋"，说是小孩子吃不得的，吃了书念不好。可是通常反过来，称为"巧蛋"了，念书的孩子也就马马虎虎准许吃了，虽然并不因为带一个巧字而鼓励孩子吃。这东西很多人不吃的。因为看上去有点发酥发麻，想一想也怪不舒服。这大概与性的不洁观念有点关系。对于不吃的人，我并不反对。有人很爱，到时候千方百计地去找。很惭愧，我是吃过的，而且只好老实说，味道很不错。吃都吃过了，赖也赖不掉，想高雅也高雅不起来了。——吃巧蛋的时候，看不见余五了，清明前后，正是炕鸡子的时候。接着，又得炕小鸭子，四月。

蛋先得挑一挑，那多是蛋行里人责任，那一路，那一路收来的蛋，他们都分得好好的，鸡鸭也有"种口"，那一种容易养，那一种长得高大，那一种下得蛋，他们全知道。分好了，剔一道，薄壳，过小，散黄，乱带，日久，全不要。"乱带"是系着蛋黄的那道韧带断了，蛋黄偏坠到一边去了，不那么正正中中的悬着了。

再就是炕房师傅的事了。在一间暗屋子里，一扇门上开一个小圆洞，蛋放在洞上，闭一只眼睛，睁一只眼睛，反复映看，谓之"照蛋"。第一次叫"头照"。头照是照"珠子"，照蛋黄中的胚珠，看受过精没有，用他们说法，是看有过公鸡，或公鸭没有。没有过公鸡公鸭的，出不了小鸡小鸭。照完了，这就"下炕"了。下炕后三四天，（他们是论时辰的，不会这么含糊，三四天是我的印象。）取出来再照，名为"二照"，二照照珠子"发饱"没有。头照很简单，谁都做得来，不用在门洞上，用手轻握如筒，蛋放在底下，迎着亮，转来转去，就看得出来有没有那么圆圆的晕晕的一点影子了。二照比较要点功夫，胚珠是否隆起了一点，常常不容易断定。二照剔下来的蛋拿到外头卖，还是一样，一点看不出是炕过的。二照之后，三照四照，隔几天一次，三四照之后的蛋就变了，到知道炕里蛋都在正常发育，就不再动它，静待出炕"上床"。

下了炕之后，不大随便让人去看。下炕那天照例三牲五事，大香大烛，燃鞭放炮，磕头拜敬祖师菩萨，很隆重庄严。炕一年就做一季生意，赚钱蚀本就看这几天。但跟余五熟识，尤其是跟父亲一起去，就可以走进炕边看看。所谓"炕"是一口一口缸，里头涂糊泥草，下面不断用火烘着。火要微微的，保持一定温度。太热了一炕蛋就都熟了，太小也透不进去。甚么时候加点糠或草，甚么时候去掉一点，这是余五职分。那两天他整天不离开一步。许多事情不用他下手，他只须不时看一看，吩咐两句话，有下手从头照着做。余五这可显得重要极了，尊贵极了，也谨慎极了，还温柔极了。他说话细声细气，走路也轻轻的，举止动作，全跟他这个人不相称。他神情很奇怪，像总在谛听着甚么似的，怕自己轻轻咳嗽也会惊散这点声音似的，聚精会神，身体各部全在一种沉湎，一种兴奋，一种极度敏感之中。熟悉炕房情形的人，都说这行饭不容易吃，一炕下来，人要瘦一套，吃饭睡觉也不能马虎一刻，这样前前后后半个多月！从前炕房里供余五抽烟的。他总是躺在屋角一张小床上抽烟，或者闭目假寐，不时就壶嘴喝一口茶，哑哑地说一句甚么话。一样借以量度的器械都没有，就凭他这个人，一个精细准确而复杂多方的"表"，不以形求，全以神遇，用他的下意识来判断一切。这才是目睹身验着一个一个生命怎么完成，多有意思事情！炕房里暗暗的，暖洋洋的，空气里潮濡濡的，笼着一度暧昧含隐的异样感觉，怔怔悸悸，缠绵持续，惶恐不安，一种怀春含情的感觉。余老五也真是有一种"母性"，虽然这两个字不管用在从前一腮帮子黑胡根子，现在一腮帮子白胡根子的余五身上都似颇为滑稽。

蛋炕好了，放在一张一张木架上，那就是"床"。床上垫棉花，放上去，不多久，就"出"了，小鸡子一个一个啄破蛋壳，啾啾叫起来。听到这声音，老板心里就开了花，而余五眼皮一搭拉，已经沉沉睡去了，小鸡子在街上卖的时候，正是余五呼呼大睡的时候。——鸭子比较简单，连床也不用上，难的是鸡。

卖小鸡小鸭是很有意思的行业。小鸡跟真正的春天一起来，气候也暖了，花也开了。而小鸭子接着就带来了夏天。"春江水暖鸭先知，"说的岂是老鸭？然而老鸭多半养在家里，在江水中游泳的似不甚多。画春江水暖诗意画出黄毛小鸭来，是极自然的，然而事实上大概是错的。小鸡小鸭都放在一个竹编浅檐有盖大圆盒子里卖，挑了各处走，似乎没有吆唤的。一路走，一路啾啾地叫，好玩极了。小鸡小鸭皆极可爱，小鸡娇弱伶仃，小鸭常傻气固执。看它们窜跑跳跃，感到生命的欢欣。提在手里，那点微微挣抗搔骚，令人心中怦怦然动，胸口痒痒的。

余大房何以生意最好？因为有一个余老五，余老五是这一行的一个"状元"。余老五何以是状元？他炕出来的小鸡跟别人家的摆在一起，来买的人一定买余老五的鸡，他的小鸡特别大。刚刚出炕的小鸡刚从蛋里出来，照理是一样大小，不过是那么重一个，然而余五鸡就能大些。上戥子称，上下差不多，而看上去他的小鸡要大一套！那就好看多了，当然有人买。怎么能大一套呢？他让小鸡的绒毛都出足了。鸡蛋下了炕，比如要几十个时辰，可以出炕了，别的师傅都不敢到那个最后限度，小鸡子出得了，就取出来上床，生怕火功水气错了一点，一炕蛋整个的废了，还是稳点罢，没有胆量等。余五大概总比较多等一个半个时辰。那一个半个时辰是顶吃紧时候，半个多月工夫就在这一会儿现出交代，余五也疲倦到达到极限了，然而他比平常更觉醒，更敏锐。他那样子让我想起"火眼狻猊"、"金眼雕"之类绰号，完全变了一个人，眼睛陷下去，变了色，光彩近乎疯人狂人。脾气也大了，动辄激恼发威，简直碰他不得，专断极了，顽固极了。很奇怪的，他倒简直不走近火炕一步，半倚半靠在小床上抽烟，一句话也不说。木床棉絮准备得好好的，徒弟不放心，轻轻来问一句"起了罢？"摇摇头，"起了罢？"还是摇摇头，只管抽他的烟，这一会儿正是小鸡放绒毛的时候，这是神圣的一刻。忽而作然而起，"起！"徒弟们赶紧一窝蜂取出来，简直才放上床，就啾啾啾啾地纷纷出来了。余五自掌炕以来，从未误过一回事，同行中无不赞叹佩服，以为神乎其技。道理是简单的，可是人得不到他那种不移的信心。不是强做得来的，是天才，是学问，余五炕小鸭，亦类此出色。至于照蛋煨火等节目，是尤其余事了。

因此他才配提了紫砂壶到处闲聊，一事不管，人家说不是他吃老板，是老板吃着他，没有余老五，余大房就不成其为余大房了，没有余大房，余老五仍是一个余老五。甚么时候他前脚跨出那个大门，后脚就有人替他把紫砂壶接过去了，每一家炕房随时都在等着他。从前每年都有人来跟他谈的，他都用种种方法回绝了，后来实在麻烦不过，他开玩笑似的说："对不起，老板坟地都给我看好了！"

父亲说，后来余大房当真托人在泰山庙，就在炕房旁边，给他谈过一小块地，买成没有买成，可不知道了，附

· 101 ·

近有一片短松林，我们从前老上那儿放风筝，蚕豆花开得紫多多的，斑鸠在叫。

　　照说，陆长庚是个更富故事性的人，他不像余五那么质实朴素。余五高高大大，方肩膀，方下巴，到处方，而陆长庚只能算是矮子里的高人，属于这一带所说"三料个子"一型，眉毛稍为有点倒，小小眼睛，不时眨动，眨动，嘴唇秀小微薄而柔软，透出机智灵巧，心窍极多，不过乍一看不大看得出来，不仅是他的装束，举止言词亦带着很重的农民气质，安分，卑怯，愿谨，虽然比一般农民要少一点惊惶，而绝望得似乎更深些。就是这点绝望掩盖而且涂改了他的轻盈便捷了。他不像余五那样有酒有饭，有保障有寄托，他受的折磨、伤害、压迫、饥饿都多。他脸小，可是纹路比余五杂驳，写出更多人性。他有太多没用说出来的俏皮笑话，太多没用浪费的风情，没有安慰没有吐气扬眉，没有——我看我说得太逞兴了，过了一点分！所以为此，只因为我有点气愤，气愤于他一定有太多故事没有让我知道。余五若是个为人所敬重的人，他应当是那一带茶坊酒座，瓜架豆棚的一个点缀，是一个为人所喜爱的角色，可是我父亲知道他那点事完全是偶然；他表演了那么一回，也是偶然！

　　母亲故世之后，父亲觉得很寂寞无聊。母亲葬在窑庄，窑庄我们有一块地，这块地一直没有收成，沙性很重，种稻种麦，都不适宜。那么一片地，每年只得两担荒草做租谷，父亲于是想辟成一个小小农场，试种棉花，种水果，种瓜。把庄房收回来，略事装修，他平日即住在那边，逢年过节，有甚么事情才回来。他年轻时体格极强，耐得劳苦，凡事都躬亲执役，用的两个长工也很勤勉，农场成绩还不错。试种的水蜜桃虽然只开好看的花，结了桃子还不够送人的，棉花则颇有盈余，颜色丝头都好，可是因为好得超过标准，不合那一路厂家机子用，后来就不再种了。至今政府物产统计表上产棉项下还列有窑庄地方，其实老早已经一朵都没有了。不过父亲一直还怀念那个地方，怀念那一段日子，他那几年身体弄得很好，知道了许多事情，忘记了许多事情，从来没有那么快乐满足过。我由一个女用人带着，在舅舅家过，也有时到窑庄住几天，或是父亲带我去或是我自己来了，事前连通知都不通知他！

　　那天我去，父亲正在屋后园子里给一棵攀杏接枝。这不是接枝的时候，不过是没有事情做，接了玩玩。接枝实在是很好玩，两种不同的树木会连在一起生长，生长而又起变化，本来涩的会变甜了，本来纽子大的会有拳头大，多神奇不可思议的事！他不知接了多少，简直看见树他就想接！手续很简单，接完了用稻草一缠就可以了。

不过虽是一根稻草，却束得妥贴坚牢，不会松散。削切枝条的，正是这把角柄小刀，用了这么些年了，还是刀刃若新发于硎。我来是请他回家过节，问他我们要不就在这里过节好不好。而一个长工来了：

"三爷，鸭都丢了！"

"怎样都丢了？"

这一带多河沟港汊，出细鱼细虾，是很适合养鸭地方。这块地上老佃户倪二，父亲原说留他，可是他对棉花不感兴趣，而且怎么样也不肯相信从来没有结过棉花地方会出棉花，这块地向来只长荞麦，胡萝卜，绿豆，红毛草！他要退租，退租怎么维生，他要养鸭；鸭从来没有养过怎么行，他说从前帮过人，多少懂一点，没有本钱，没有本钱想跟三爷借。父亲觉得不能让他再种红毛草了，很对不起他，应当借给他钱。为了好玩，父亲也托他买了一百只小鸭，贴他一点钱，由他代养。事发生手，他居然把一趟鸭养得不坏，父亲高兴，说：

"倪二，你不相信我种棉花，我也不相信你养鸭子，可是现在田里是甚么，一朵一朵白的，那是甚么？"

"是棉花。河里一只一只肥的，是——鸭子！"

"事在人为。明年我们换换手，你还是接这块地种，现在你相信它能出棉花了。我明年也来养鸭！"

父亲是真有这样意思的，地土适于植棉，已经证实，父亲并没有打算一直在这里待下去，总得有人接过。后来田还是交给倪二了。可是因为管理不善，结出来的朵子越来越伶仃了。鸭，父亲可没有自己去养，他是劝劝倪二也还是放弃水面，回到泥土，总觉得那不大适合他，与他的脾气个性，甚至血统都不相宜，这好像有一种命定安排似的，他离不开生长红毛草的这一片地，现在要来改行已经太晚了。人究竟不像树木，可以随便接枝。即树木，有些接枝也不能生长的。站在庄头场上，或早或晚，沉沉雾霭，淡淡金光中，可以看到倪二喳喳吃吃赶着一大阵鸭子经过荡口，父亲常常要摇头。

"还是不成，不'像'！他自己以为帮人喂过食，上过圈，一窝鸭子又养得肥壮，得意得了不得，仿佛是老行家了，可是样子总不大对。这些鸭子还没有很认得他，服他，依他，他跟鸭子不能那么完全是一家子似的。照理，都就要卖了，应当简直不用拘束，那根篙子轻易不大动了。我没有看见过赶鸭用这种神情赶鸭的！"

他把"神情"两个字说得很重，仿佛神情是个甚么可以拿在手里挥舞的东西似的。倪二老实一点，可是我父亲对他不能欣赏他是也可以感觉到的，倪二不服，他有他的话：

"三爷，您看！"

他的意思是就要八月中秋，马上就可以赶到市上变钱，今年鸡鸭上好市面，到那个时候倪二再说他当初为甚么要改业，看看倪二眼光如何，手段如何。父亲想气他一气，说：

"倪二，你知道你手里那根篙子有多重？人说篙子是四两拨千斤，是不是只有四两？"

这就非教倪二红脸不可了，伤了他的心，他那根篙子搠得实在不顶游刃得体，不够到家。不过父亲没有说，怕太损了他的尊严。

养鸭是很苦的事。种田也是很苦的事，但那是另外一种苦。问养鸭人顶苦是甚么，很奇怪的，他们回答"是寂寞"。这简直不能相信了，似乎寂寞只是坐得太久，谈得太多，抽烟喝茶度日的人才有的感情，"乡下人"！会"寂寞"吗？也许寂寞是人的基本感情之一，怕寂寞是与生俱来的，襁褓中的孩子如果不是确知父母在留心着自己，他不肯一个人睡在一间屋子里。也可能这是穴居野处时对于不可知的一切来袭的恐惧心理的遗传，人总要知觉到自己不是孤身地面对整个自然。种地不是一个人的事情，车水、薅草、播种、插秧、打场、施肥，有歌声，有锣鼓，有打骂调笑，相慰相劳，热热闹闹，呼吸着人的气息。而养鸭是一种游离，一种放逐，一种流浪。一清早，天才露白，撑一个浅扁小船，才容一人起坐，叫作"鸭撇子"，手里一根竹篙，竹篙头上系一个稻草把子或破芭蕉蒲扇，用以指挥鸭子转弯入阵，也用以划水撑船，就冷冷清清地离了庄子，到一片茫茫的水里去了。一去一天，直到天压黑，才回来。下雨天穿蓑衣，太阳大戴笠子，凉了多带件衣裳，整个被人遗忘在这片水里。"连个说说话的人都没有。"这句话似极普通，可是你看看养鸭人的脸，听起来就有无比的悲愁。在那么空寥的地方，真是会引起一种原始的恐惧的，无助、无告，忍受着一种深入肌理，抽搐着腹肉，教人想呕吐的绝望，"简直要哭出来"！单那份厌气就无法排遣，只有拼命叭达旱烟。远远的可以听到一两声人声，可是眼前是这些扁毛畜生！牛羊，甚至猪，都与人切身相关，可以产生感情，要跟鸭子谈谈心实在是很困难。放鸭的如果不是特别有心性，会自己娱悦，能弄一点甚么东西在手上做做，心里想想的，很容易变成孤僻怪物，之冷漠而褊窄。父亲觉得倪二旱烟瘾越来越大，行动虽还没看出甚么改变，可是有点甚么东西正在深重起来，无以名之，只有借用又是只通用于另一阶级的名词：犬儒主义。

可是鸭子肥得倪二欢喜，他看完了好利钱，这支持着他。

前两天倪二说，要把鸭子赶去卖了，已经谈好了，行用，卡钱，水脚，全算上，连底三倍利。就要赶，问父亲那一百只鸭怎么说，是不是一起卖。父亲关照他留三十只，送送人，也养几只下蛋，他要看自己家里鸭子下两个双黄玩玩。昨天晚上想起来，要多留二十只，今天叫长工去荡里跟倪二说一声。

"鸭都丢了！"

倪二说要去卖鸭，父亲问他要不要人帮一帮，怕他一个人对付不了。鸭子运起来，不像鸡装了笼子，仍是一只小船，船上准备人的粮食，简单行李，鸭圈一大卷，人在船，鸭在水，一路迤迤逶逶地走。鸭子路上要吃，还是鱼虾水虫，到了那头才不瘦膘减分量，精神好看。指挥拨反全靠那根篙子。有人可以在大江里赶十天半月，晚上找个沙洲歇一歇，这不是外行冒充得来的。

"不要！"

怕父亲还要说甚么，他偷偷准备准备，留下三十只，其余的一早赶过荡，过白莲湖，转到大湖里，到邻县城里去了。长工一到荡口，问人：

"倪二呢？"

"倪二在白莲湖里，你赶快去看看，叫三爷也去看看，——一趟鸭子全散了！"

白莲湖是一口小湖，离窑庄不远，出菱，出藕，藕肥白少渣滓，荷花倒是红的多。或散步，或乘船赶二五八集期，我们也常去的，湖边港汊甚多，密密地长着芦苇。新芦苇长得很高了。莲蓬已经采过，荷叶颜色发了黑，多半全破了，人过时常有翡翠鸟冲过掠过，翠绿地一闪，疾速如箭，切断人的思绪或低低地唱歌。

小船浮在岸边，竹篙横在船上，篙子头上的破蒲扇不知那里去了。倪二呢？坐在一个石辘轳上，手里团着他的瓦块帽子，额头上破了一块皮，在一个人家晒场上，为几个人围着，他好像老了十年。他疲倦了，一清早到现在，现在是下半天了，他一定还没有吃过饭，跟这些鸭子奋斗了半日。他的饭在船上一个布口袋里，一袋子老锅巴。他坐着不动，看不出他心里甚么滋味，不时头忽然抖一抖，好像受了震动。——他的脖子里的沟好深，一方格一方格的，颜色真红，烧焦了似的。那么坐着，脚恐怕要麻了，好傻相的脚！父亲叫他：

"倪二。"

"三爷！"

他像个孩子似的哭起来了。——怎么办呢？

"去找陆长庚，他有法子。"

"哎，除非陆长庚。"

"只有老陆，陆鸭。"

陆长庚在那里？

"多半在桥头茶馆。"

桥头有个茶馆，为的鲜货行客人，蛋客人，陆陈粮行客人，区里，县里，党部里来的人谈话讲生意而设的，卖清茶，代卖烟纸，洋杂，针线，香烛，鸡蛋糕，麻酥饼，七厘散，紫金锭，菜种，草鞋，契纸，小绿颖毛笔，金不换黑墨，何通记纸牌。这一带闲散无事人常借茶馆聚赌玩钱。有时纸牌，最为文雅。有时麻雀，那副牌有一张红中丢了，配了牌九上一张杂七，这杂七于是成为桌上最关心的一张牌了。有时推牌九，下旁注的比坐下来拿牌的要多，在后头呼么喝六，帮别人呐喊助威的更多。船从桥边过，远远的就看到一堆兴奋忘形的人头人手，走过了一段，还听得到"七七八八——不要九！""磨一点，再磨一点，天地遇牯牛，越大越封侯！"呼声。常在后头看斜头胡的，有人指点过，那就是陆长庚，这一带放鸭的第一手，诨号陆鸭，说他自己简直就是一只老鸭。——瘦瘦小小，神情总是在发愁的样子。他已经多年不养鸭了，见到鸭就怕了，运气不好，老是瘟。

"不要你多，十五块洋钱。"

十五块钱在从前很是一个数目了。许多人都因为这个数目而回了回头，看看倪二，看看陆长庚，桌面上顶大的注子是一吊钱三三四，天之九吃三道。

说了半天，讲定了，十块钱。看一家地杠通吃，红了一庄，方去。

"把鸭圈全拿好，倪二你会赶鸭子进圈的？我吆上来，你就赶，鸭子在水里好弄，上了岸七零八落的不好捉。"

这十块钱太赚的不费力了！拈起那根篙子，撑到湖心，人仆在船上，把篙子平着在水上扑一气，嘴里喷喷咕咕不知叫点甚么，嚇——都来了！鸭子四面八方，从芦苇缝里像来争甚么东西似的，拼命地拍着翅膀，挺着脖子，一起奔到他那只小船的四围来。本来平静辽阔湖面，一时骤然热闹起来，全是鸭子，不知为甚么，高兴极了，喜欢极了，放开喉咙大叫，不停地把头没在水里，翻来翻去。岸上人看到这情形，都忍不住大笑起来，连倪二都笑了，他笑得尤其舒服。差不多过齐了，篙子一抬，嘴子曼声唱着，鸭子马上又安静起来，文文雅雅，摆摆摇摇，向岸边游来，舒闲整齐有致。兵法用兵第一贵"和"，这个字用来形容那些鸭子真是恰切极了。他唱的不知是甚么，仿佛鸭子都很爱听，听得很入神似的，真怪！

"一共多少只？"

"三千多。"

"三千多少？"

"三千零四十二。"

他拣一个高处，四面一望。

"你数数，大概不差了。——嗨！你这里头怎么来了一只老鸭！是那一家养的老鸭教你裹来了！"

倪二分辨，分辨也没有用，他一伸手捞住了。

"它屁股一撅，就知道。新鸭子拉稀屎，过了一年的，才硬。鸭肠子搭头的那里有个小箍道，老鸭子就长老了。吃新鸭子，不喝酒，容易拉肚，就因为鸭肠子不老。裹了人家鸭自己还不知道，只知道多了一只！"

"我不要你多，只要两只。送不送由你。"

怎么小气，也没法不送他，他已经到鸭圈里提了两只，一手一只，拎了一拎。

"多重？"

他问人。

"你说多重？"

有人问他。"六斤四，——这一只，多一两，六斤五。这一趟里顶肥的两只。"不相信，那里一两也分得出，就凭手拎一拎？

"不相信，不相信拿秤来称。称得不对，两只鸭算你的；对了，今天晚上上你家里喝酒。"

称出来，一点都不错。

"拎都用不着拎，凭眼睛看，说得出这一趟鸭一个一个多重。"

不过先得大叫一声才看得出来。鸭身上有毛，毛蓬松着看不出来，得惊它一惊，一惊，鸭毛就紧了，贴在身上了，这就看得出那一个肥那一个瘦。

"晚上喝酒了，在茶馆里会。不让你费事，鸭先杀好。"

他刀也不用，一个指头往鸭子三岔骨处一捣，两只鸭挣扎都不挣扎就死了。

"杀的鸭子不好吃，鸭子要吃呛血的，肉才不老。"

甚么事他都是轻描淡写，毫不大惊小怪。说话自然露出得意，可是得意之中还是有一种对于自己的嘲讽，仿佛这是并不稀奇的事，而且正因为有这点本领，他才种种不如别人。他日子过得很不如意，种一点地，种的是豆子。"懒媳妇种豆"，豆子是顶不要花工夫气力的。从前放过鸭，可是本钱都蚀光了。鸭子瘟起来不得了，只要看见一个鸭摇一摇头，就完了。还不像鸡，鸡瘟起来比较慢，灌得胡椒香油，还可以有点救。鸭，一个摇头，个个摇头，马上，都不动了。比在三岔骨上捣一指头还快。常常一趟鸭子放到荡里，回来时只有自己一个人了。看着死，毫无办法。陆长庚吃的鸭可太多了，他发誓，从此绝不再养。

"倪老二，十块钱不白要你的，我给你送到。今天晚了，你把鸭圈起来过一夜，明天一早我来。三爷，十块钱赶一趟鸭，不算顶贵噢？"

他知道这十块钱将由谁来出。

当然，第二天大早他来时仍是一个陆长庚，一夜七戳五在手，输得光光的。

"没有！还剩一块！"

这两个人都老了，时候过起来真快。两个老人怎么会

到这里来了呢？现在在做甚么呢？父亲也不大清楚，我
请父亲给我打听打听，可是一直还没有信来。——忽然
想起来，那个分鸭子的年青小伙子一定是两老人之一的
儿子，而且是另一老人的女婿。我得写封信去问问。也
顺便问问父亲房东家养在院子里的那只大公鸡不知怎么
了。——这只公鸡，他们说它有神经病，我看大概不是
神经病。一窝小鸡买进来时本来是十只，次第都已死去，
只剩下这个长命。不过很怪，常常它会曲起一只脚来乱
蹦乱跳一气，就像发了疯似的。可能是抽筋，不过鸡会
抽筋么？它左脚有点异样，脚趾全向里弯，有点内八字，
最外一个而且好像短了一截，可能是小时教甚么重东西压
的。是这影响他生理上有时不大平衡么？父亲说怕是受
刺激太深，与它的同伴的死有关，那当然是开玩笑。——
哎哟，一年了，该没有被杀掉风起来罢？这两天正是风
鸡的时候。

邂 逅

　　船开了一会儿，大家坐定下来。理理包箧，接起刚才中断的思绪，回味正在进行中的事务已过的一段的若干细节，想一想下一步骤可能发生的情形；没有目的地擒纵一些飘忽意象；漫然看着窗外江水；接过茶房递上来的手巾擦脸；掀开壶盖让茶房沏茶；口袋里摸出一张甚么字条，看一看，又搁了回去；抽烟；打盹；看报；尝味着透入脏腑的机器的浑沉的震颤，——震得身体里的水起了波纹。一小圈，一小圈；暗数着身下靠背椅的一根一根木条；甚么也不干，听而不闻，视而不见，近乎是虚设的“在”那里；观察，感觉，思索着这些，……各种生活式样摆设在船舱座椅上，展放出来；若真实，又若空幻，各自为政，没有章法，然而为一种甚么东西范围概括起来，赋之以相同的一点颜色。——那也许是“生活”本身。在现在，即是“过江”，大家同在一条“船”上。

　　在分割了的空间之中，在相忘于江湖的漠然之中，他被发现了，像从一棵树下过，忽然而发现了这里有一棵树。他是甚么时候进来的呢？他一定是刚刚进来。虽没有人注视着舱门如何进来了一个人，然而全舱都已经意识到他，在他由动之静，迈步之间有停止之意而终于果然站立下来的时候，他的进来完全成为了一个事实。像接到了一个通知似的，你向他看。

你觉得若有所见了。

活在世上，你好像随时都在期待着，期待着有甚么可以看一看的事。有时你疲疲困困，你的心休息，你的生命匍伏着像一条假寐的狗，而一到有甚么事情来了，你醒豁过来，白日里闪来了清晨。

常常也是一涉即过，清新的后面是沉滞，像一缕风。

他停立在两个舱门之间的过道当中，正好是大家都放弃而又为大家所共有的一个自由地带。——他为甚么不坐，有的是空座位。——你不准备坐，没有坐的意思，他没有从这边到那边看一看，他不是在挑选那一张椅子比较舒服。他好像有所等待的样子。——动人的是他的等待么？

他脉脉地站在那里。在等待中总是有一种孤危无助的神情的，然而他不放纵自己的情绪，不强迫人怜恤注意他。他意态悠远，肤体清和，目色沉静，不纷乱，没有一点焦躁不安，没有忍耐。——你疑心他也许并不等待着甚么，只是他的神情总像在等待着甚么似的而已。

他整洁，漂亮，颀长，而且非常的文雅，身体的态度，可欣可感，都好极了。难得的，遇到这样一个人。

噢，——他是个瞎子，——他来卖唱，——他是等着这个女孩子进来，那是他女儿，他等待着茶房沏了茶打了手巾出去，（茶房从他面前经过时他略为往后退了退，让他过去，）等着人定，等着一个适当的机会开口。

她本来在那里的？是等在舱门外头？她也进来得正是时候，像她父亲一样，没有人说得出她怎么进来的，而她已经在那里了，毫不突兀，那么自然，那么恰到好处，刚刚在点上。他们永远找得到那个千载一时的成熟的机缘，一点儿不费力。他已经又在许多纷纭褶曲的心绪的空隙间插进他的声音，不知道甚么时候，说了一句简单的开场白，唱下去了。没有跳踉呼喝，振足拍手，没有给任何旅客一点惊动，一点刺激，仿佛一切都预先安排，这支曲子本然的已经伏在那里，应当有的，而且简直不可或缺，不是改变，是完成；不是反，是正；不是二，是一。……

一切有点出乎意外。

我高兴我已经十年不经过这一带，十年没有坐这种过江的渡轮了，我才不认识他。如果我已经知道他，情形会不会不同？一切令我欣感的印象会不存在？——也不，总有个第一次的。在我设想他是一种甚么人的时候我没有想出，没有想到他是卖唱的。他的职业特征并不明显，不是一眼可见，也许我全心倾注在他的另一种气质，而这种气质不是，或不全是生成于他的职业，我还没有兴趣也没有时间来判断，甚至设想他是何以为生的？如果我起初就发现——为甚么刚才没有，一直到他举出来轻轻拍击的时候我才发现他手里有一副檀板呢？

从前这一带轮船上两个卖唱的，一个鸦片鬼，瘦极了，嗓子哑得简直发不出声音，咤咤的如敲破竹子；一个女人，又黑又肥，满脸麻子。——他样子不像是卖唱的？其实要说，也像，——卖唱的样子是一个甚么样子呢？——他不满身是那种气味。腐烂了的果子气味才更强烈，他还完完整整，好好的。他样子真是好极了。这是他女儿，没有问题。

他唱的甚么？

有一回，那年冬天特别冷，雪下得大极了，河封住了，船没法子开，我因事需赶回家去，只有起早走，过湖，湖都冻得实实的，船没法子过去，冰面上倒能走。大风中结了几个伴在茫茫一片冰上走，心里感动极了，抽一支烟划一支洋火好费事！一个人划洋火成了全队人的事情。……（我掏了一支烟抽。）远远看见那只轮船冻在湖边，一点活意都没有，被遗弃在那儿，红的，黑的，都是可怜的颜色。我们坐过它很多次，天不这么冷，现在我们就要坐它的。忽然想起那两个卖唱的。他们在那里了呢，雪下了这么多天了。沿河堤有许多小客栈，本来没有甚么人知道的，你想不到有那么多，都有了生意了，近年下，起早走路的客人多，都有事。他们大概可以一站一站的赶，十多里，二三十里，赶到小客栈里给客人解闷去，他们多半会这么着的。封了河不是第一次，路真不好走。一个人走起来更苦，他们其实可以结成伴。——哈，他们可以结婚！

这我想过不止一次了，颇有为他们做媒之意。"结婚"，哈！但是他们一起过日子很不错，同是天涯沦落人，彼此有个照应。可是怪，同在一路，同在一条船上卖唱，他们好像并没有同类意识，见了面没有看他们招呼过，谈话中也未见彼此提起过，简直不认识似的。不会，认识是当然认识的。利害相妨，同行妒忌，未必罢，他们之间没有竞争。

男的鸦片抽成了精，没有几年好活了，但是他机灵，活络得多，也皮赖，一定得的钱较多。女的可以送他葬，到时候有个人哭他，买一陌纸钱烧给他。——你是不是想男的可以戒烟，戒了烟身体好起来，不喝酒，不赌钱，做两件新蓝布大褂，成个家，立个业，好好过日子，同偕到老？小孩子！小孩子！——不，就是在一个土地庙神龛鬼脚下安身也行，总有一点温暖的。——说不定他们还会生个孩子。

现在，他们一定结伴而行了，在大风雪中挨着冻饿，挨着鸦片烟，十里二十里的往前赶一家一家的小客栈了。小客栈里咸菜辣椒煮小鲫鱼一盘一盘的冒着热气，冒着香，锅里一锅白米饭。——今天米价是多少？一百八？

　　下来一半（路程）了罢？天气好，风平浪静。

　　他们不会结婚，从来没有想到这个上头去过。这个鸦片鬼不需要女人，这个女人没有人要。别看这个鸦片鬼，他要也才不要这个女人！他骨干肢体毁蚀了，走了样，可是本来还不错的，还起原来很有股子潇洒劲儿。那样的身段是能欣赏女人的身段，懂得风情的身段。这个女人没有女人味儿！鸦片鬼老是一段"活捉张三郎"，挤眉瞪眼，伸头缩脖子，夸张，恶俗，猥亵，下流极了。没法子。他要抽鸦片。可是要是没法子不听还是宁可听他罢。他聪明，他用两支竹筷子丁丁当当敲一个青花五寸盘子，敲得可是神极了，溅跳洒泼，快慢自如，有声有势，活的一样。他很有点才气，适于干这一行的，他懂。那个黑麻子女人拖把胡琴唱"你把那，冤枉事勒欧欧欧欧欧……"，实在不敢领教。或者，更坏，不知那里学来的一段"黑风帕"。这个该死的蠢女人！

　　他们秉赋各异，玩意儿不同，凑不到一起去。

　　真不大像是——这女孩子配不上他父亲，——还不错，不算难看，气派好，庄静稳重，不轻浮，现在她接她父亲的口唱了。

有熟人懂得各种曲子的要问问他，他们唱的这种叫甚么调子。这其实应当说是一种戏文，用的是代言体，上台彩扮大概不成罢，声调过于逶迤慢长了。虽是两人递接着唱，但并非对口，唱了半天，仍是一个人口吻。全是抒情，没有情节。事实自《红楼梦》敷衍而出。黛玉委委屈屈向宝玉倾诉心事。每一段末尾长呼"我的宝哥哥儿来"，可是唱得含蓄低宛，居然并不觉得刺耳，颇有人细细地听，凝着神，安安静静，脸上恻恻的，身体各部松弛解放下来，气息深深，偶然舒一舒胸，长长透一口气，纸烟灰烧出一长段，跌落在衣襟上。碎了，这才霍然如梦如醒。有人低语：

"他的眼睛——"

"瞎子，雀盲。"

"哦——"

进门站下来的时候就觉得，他的眼睛有点特别，空空落落，不大有光彩，不流动。可是他女儿没有进来之先他向舱门外望了一眼，他一扬头，样子不像瞎眼的人。瞎眼人脸上都有一种焦急愤恨。眼角嘴角大都要变形的，雀盲尤其自卑，扭扭捏捏。藏藏躲躲，他没有，他脸上恬静平和极了。他应当是生下来就双眼不通，不会是半途上瞎的。

女孩子唱的还不如他父亲。——听是还可以听。

这段曲子本来跟多数民间流行曲子一样，除了感伤，剩下就没有甚么东西了，可是他唱得感伤也感伤，一点儿都不厉害。唱得深极了，远极了，素雅极了，醇极了，细运轻输，不枝不蔓，舒服极了。他唱的时候没有一处摇摆动晃，脸上都不大变样子，只有眉眼间略略有点凄愁。像是在深深思念之中，不像在唱。——啊不，是在唱，他全身都在低唱，没有那一处是散涣叛离的，他唱得真低，然而不枯，不弱，声声匀调，字字透达，听得清楚分明极了，每一句，轻轻地拍一板，一段，连拍三四下。女儿所唱，格韵虽较一般为高，但是听起来薄，松，含糊，懒懒的，她是受她父亲的影响，模仿父亲而没有其精华神髓，她尽量压减洗涤她的嗓音里的野性和俗气，可是她的生命不能与那个形式蕴合，她年纪究竟轻，而且性格不够。她不能沉湎，她心不专，她唱，她自己不听。她没有想跳出这个生活，她是个老实孩子。老实孩子，但不是没有一些片片段段的事实足以教她分心，教她不能全神贯注，入乎其中。

她有十七八岁了罢？有啰，可能还要大一点，样子还不难看。脸宽宽的，鼻子有一点塌，眼睛分得很开。搽了一点脂粉，胭脂颜色不好，桃红的。头发修得很齐，梳得光光的，稍为平板了一点，前面一个发卷于是显得像个筒子，跟后面头发有点不能相连属，腰身粗粗的，眼前还不要紧，千万不能再胖。站着能够稳稳的，腿分得不太开，脚不乱动，上身不扭，然而不僵，就算难得的了。她的态度救了她的相貌不少。她神色间有点疲倦，一种心理的疲倦。——她有了人家没有？一件黑底小红碎花布棉袍，青鞋，线袜，干干净净。——又是父亲了，他们轮着来。她唱得比较少，大概是父亲唱两段，女儿唱一段。

天气真好，简直没有甚么风。船行得稳极了。

谁把茶壶跟茶杯挨近着放，船震，轻轻地碜出瓷的声音，细细的，像个金铃子叫。——嗳呀，叫得有点烦人！心里不舒服，觉得恶心。——好了，平息了，心上一点霉斑。——让它叫去罢，不去管它。

是不是这么分的，一个两段，一个一段？这么分法有甚么理由？要是倒过来，——现在这么听着挺合适，要是女儿唱两段父亲唱一段呢。这个布局想象得出么？两种花色编结起来的连续花边，两朵蓝的，间有一朵绿的，（紫的，黄的，银红的，杂色的）如果改成两朵绿的一朵蓝的呢？……甚么蓝的绿的，不像！干甚么用比喻呢，比喻不伦！——有没有女儿两段父亲一段的时候？——分开了唱四段比连作唱三段省力。——两个人比一个人唱好，有变化，不单调，起来复舒卷感，像花边。——比喻是个陷阱，还是摔不开！——接口接得真好，一点不露痕迹，没有夺占，没有缝隙，水流云驻，叶落花开，相契莫逆，自自在在，当他末一声的有余将尽，她的第一字恰恰出口，不颔首，不送目，不轻轻咳嗽，看不出一点点暗示和预备的动作。

　　他们并排站着，稍有一段距离。他们是父女，是师徒，也还是同伴。她唱得比较少，可是并不就是附属陪衬。她并不多余，在她唱的时候她也是独当一面，她有她的机会，他并不完全笼罩了她，他们之间有的是平等，合作时不可少的平等。这种平等不是力求，故不露暴，于是更圆满了。——真的平等不包含争取。父亲唱的时候女儿闲着，她手里没有一样东西，可是她能那么安详！她垂手直身，大方窈窕，有时稍稍回首，看她父亲一眼，看他的侧面，他的手。——她脚下不动。

　　他自己唱的时候他拍板，女儿唱的时候他为女儿拍板，他从头没有离开过曲子一步。他为女儿拍板时也跟为自己拍板时一样，好像他女儿唱的时候有两起声音，一起直接散出去，一起流过他，再出来。不，这两条路亦分亦合，还有一条路，不管是他和她所发的声音都似乎不是从这里，不是由这两个人，不是在我们眼前这个方寸之地传来的，不复是一个现实，这两个声音本身已经连成一个单位。——不是连成，本是一体，如藕于花，如花于镜，无所凭借，亦无落着，在虚空中，在天地水土之间。……

女孩子眼睛里看见甚么了？一个客人袖子带翻了一只茶杯，残茶流出来，渐成一线，伸过去，伸过去，快要到那个纸包了，——纸包里是甚么东西？——嘻，好了，桌子有一条缝，茶透到缝里去了——还没有，——还没有——滴下来了！这种茶杯底子太小，不稳，轻轻一偏就倒了。她一边看，一边唱，唱完了，还在看，不知是不是觉得有人看出了，有点不好意思，微低了头。面色肃然。——有人悄悄地把放在桌上的香烟火柴放回口袋里，快到了罢？对岸山浅浅地一抹。他唱完了这一段大概还有一段，由他开头，也由他收尾。

完了，可是这次好像只有一段？女儿走下来收钱，他还是等在那儿。他收起檀板，敛手垂袖而立，温文恭谨，含情脉脉，跟进来时候一样。

他样子真好极了，人高高的，各部分都称配，均衡，可是并不伟岸，周身一种说不出来的优雅高贵。稍稍有点衰弱，还好，还看不出有病苦的痕迹。总有五十岁左右了。……今天是……十三，过了年才这么几天，风吹着已经似乎不同了。——他是理了发过的年罢，发根长短正合适。梳得妥妥帖帖，大大方方。头发还看不出白的。——他不能自己修脸罢？也还好，并不惨厉，而且稍为有点阴翳于他正相宜，这是他的本来面目，太光滑了就不大像他了。他脸上轮廓清晰而固定，不易为光暗影响改变。手指白白皙皙,指甲修得齐齐的。——干净极了!一眼看去就觉得他的干净。可是干净得近人情,干净得教人舒服,不萧索,不干燥,不冷,不那么兢兢翼翼,时刻提防,觉得到处都脏,碰不得似的。一件灰色棉袍,剪裁得合身极了。布的。——看上去料子像很好?——是布的,不单是袍子,里面衬的每一件衣裤也一定都舒舒齐齐,不破,不脏,没有气味,不窝囊着,不扯起来,口袋纽子都不残缺,一件套着一件,一层投着一层,袖口一样长短,领子差不多高低,边对边,缝对缝。……还很新,是去年冬天做的。——袍子似乎太厚了一点,有点臃肿,减少了他的挺拔。——不,你看他的腮,他真该穿得暖些啊。他的胸,他的背,他的腰肋,都暖洋洋的,他全身正在领受着一重丰厚的暖意,——一脉近于叹息的柔情在他的脸上。

她顺着次序走过一个一个旅客,不说一句话,伸出她的手,坦率,无邪,不局促,不忸怩,不争多较少,不泼辣,不纠缠,规规矩矩老老实实。——这女孩子实在不怎样好看。她鼻子底下有颗痣。都给的。——有一两个,她没有走近,看样子他也许没有,然而她态度中并无轻蔑之意,不让人不安。有的脸背着,或低头扣好皮箱的锁,她轻轻在袖子上拉一拉。——真怪,这样一个动作中居然都包含一点卖弄风情,没有一点冒昧。被拉的并不嗔怪,不声不响，掏出钱来给她。——有人看着他，他脸一红，想分辩，我不是——是的，你忙着有事，不是规避，谁说你小器的呢，瞧瞧你这样的人，像么，——于是两人脸上似笑非笑了一下，眼光各向一个方向挪去。——这两个人说不定有机会认识，他们老早谈过话了。——在澡堂里，饭馆里，街上，隔若干日子，碰着了，他们有招呼之意，可是匆匆错过了，回来，也许他们会想，这个人好面熟，那里见过的？——大概想不出究竟是那里见过的了罢？——人应当记日记。——给的钱上下都差不多，这也好像有个行情，有个适当得体的数目，切合自己生活，也不触犯整个社会。这玩意儿真不易，够学的！过到老，学不了，学的就是这种东西？这是老练，是人生经验，是贾宝玉反对的学问文章。我的老天爷！——这一位，没有零的，掏出来一张两万关金券，一时张皇极了，没有主意，连忙往她手里一搁，心直跳，转过身来伏在船窗上看江水，他简直像大街上摔了一大跤。——哎，别介，没有关系。——差不多全给的。然而送给舱里任何一位一定没有人要。一点不是一个可羡慕的数目。——上海正发行房屋奖券，这里头一定有人买的，就快开奖了，你见过设计图样么？——从前用铜子，卖唱的多用一个小藤册子接钱，投进去磬磬地响。

　　都收了，她回去，走近她父亲，——她第一次靠着她父亲，伸一个手给他，拉着他，她在前，他在后，一步一步走出去了。他是个瞎子。——我这才真正地觉得他瞎。看到他眼睛看不见，十分地动了心。他的一切声容动静都归纳摄收在这最后的一瞥，造成一个印象，完足，简赅，具体。他走了，可是印象留下来。——他们是父女，无条件的，永远的，没有一丝缝隙的亲骨肉。不，她简直是他的母亲啊！他们走了。……

"他们一天能得多少钱？"

"也不多——轮渡一天来回才开几趟。夏天好，夏天晚上还有人叫到家里唱。"

"那他们穿的？"

"嗳——"

船平平稳稳地行进，太阳光照在船上，船在柔软的江水上。机器的震动均匀而有力，充满健康，充满自信。舱壁上几道水影的反光晃荡。船上安静极了，有秩序极了。——忽然乱起来，像一个灾难，一个麻袋挣裂了，滚出各种果实。一个脚夫像天神似的跳到舱里。——到了，下午两点钟。

图书在版编目（CIP）数据

邂逅集 / 汪曾祺著.—上海：上海三联书店，2018.12

ISBN 978-7-5426-6447-1

Ⅰ.①邂… Ⅱ.①汪… Ⅲ.①短篇小说—小说集—中国—当代

Ⅳ.①I247.7

中国版本图书馆CIP数据核字（2018）第189731号

邂逅集

著　　者 / 汪曾祺

责任编辑 / 朱静蔚

特约编辑 / 李志卿　丁敏翔

装帧设计 / 微言视觉工坊｜阿龙　苗庆东

监　　制 / 姚　军

责任校对 / 田　雪

出版发行 / 上海三联书店

　　　　　（200030）中国上海市徐汇区漕溪北路331号中金国际广场A座6楼

邮购电话 / 021-22895557

印　　刷 / 山东临沂新华印刷物流集团有限责任公司

版　　次 / 2018年12月第1版

印　　次 / 2018年12月第1次印刷

开　　本 / 787×1092　1/32

字　　数 / 82千字

印　　张 / 4.5

书　　号 / ISBN 978-7-5426-6447-1 / I·1437

定　　价 / 36.00元

敬启读者，如发现本书有印装质量问题，请与印刷厂联系0539-2925680。